Só saio daqui MAGRA!

STELLA FLORENCE

Só saio daqui MAGRA!

ROCCO
JOVENS LEITORES

Copyright © 2010 by Stella Florence

Direitos desta edição reservados à
EDITORA ROCCO LTDA.
Av. Presidente Wilson, 231 – 8.º andar
20030-021 – Rio de Janeiro, RJ
Tel.: (21) 3525-2000 – Fax: (21) 3525-2001
rocco@rocco.com.br
www.rocco.com.br

Printed in Brazil/Impresso no Brasil

Projeto gráfico
GILVAN BRITO

Preparação de originais
ANNA CARLA FERREIRA
DENISE SCHITTINE

Cip-Brasil. Catalogação na fonte.
Sindicato Nacional dos Editores de Livros, RJ.

F653s   Florence, Stella, 1967-
Sô saio daqui magra!/Stella Florence – Primeira edição –
Rio de Janeiro: Rocco Jovens Leitores, 2010.
ISBN 978-85-7980-041-2
1. Literatura infantojuvenil brasileira. I. Título.
10-2585   CDD – 028.5   CDU – 087.5

O texto deste livro obedece às normas do
Acordo Ortográfico da Língua Portuguesa.

Para Olívia, minha estrelinha

SEGREDO DA AUTORA

Esta história parece ficção, mas não é. Todos os personagens, inclusive Camila, são reais. Alterei nomes e alguns outros detalhes a fim de proteger as identidades e arredondar a estrutura do livro.

S.F.

Sumário

Como tudo começou (dia 0) 13
Sô saio daqui magra! (dia 1) 16
Eufemismo (dia 2) 19
Eu tenho um calo (dia 3) 21
É assim que quero que você fique (dia 4) 23
Zumbi (dia 5) 25
Surtou, saiu, comeu, voltou (dia 6) 27
Tô de mau humor, sim, e daí? (dia 7) 30
O exército de uma boca só (dia 8) 32
Chamando urubu de meu louro (dia 9) 35
Homose (dia 10) 38
Mentirinha do bem (dia 11) 41
Diego e Fernando (dia 12) 43
Lição de psicologia (dia 13) 45
Cocô de rato (dia 14) 48
Tudo cada vez mais claro (dia 15) 51
Mais uma noite na rede (dia 16) 54
You are the top! (dia 17) 57
Fome? Que fome? (dia 18) 60
O aniversário de Dominique (dia 19) 62
Espelhos tortos (dia 20) 65
Maria Eduarda (dia 21) 70

Alcoolismo e um telefonema insignificante (dia 22)	76
Maridos (dia 23)	79
Massagem e respeito (dia 24)	83
Três longos dias (dia 25)	88
Barra-pesada (dia 26)	92
O inquérito do queijo (dia 27)	96
A era Camila (do dia 27 para o dia 28)	100
A volta do Fernando (dia 28)	103
Estrelas que dançam (dia 29)	106
Estrelas que dançam – parte 2 (ainda dia 29)	108
Confie em mim (dia 30)	109
Poder (dia 31)	111
Tudo é muita coisa! (dia 32)	113
A carta (dia 32, duas horas mais tarde)	115
Destinos	117

Só saio daqui MAGRA!

Como tudo começou
(dia 0)

Roliça, fofinha, carnuda, saudável, coisa nenhuma. Meu nome é Camila e estou gorda mesmo. Para que suavizar a catástrofe?

Sabe, eu achava que conseguia disfarçar e, até certo ponto, conseguia mesmo: sempre soube escolher roupas perfeitas para o meu tipo de corpo (um tipo roliço, fofinho, carnudo, saudável, ou seja, gordo). Pois é, mas agora não dá mais para disfarçar. Existe alguém especial na minha vida: Diego, meu namorado.

Nunca entendi muito bem o que o Diego viu em mim. Quando ficamos pela primeira vez, achei até que fosse uma daquelas apostas que os garotos bonitos fazem: "Se você tiver estômago para ficar com a Camila, te dou um PlayStation 3." Mas aí, na festa da Dani, a gente ficou de novo, e no dia seguinte, na pracinha, no prédio dele, no meu prédio, até que um dia, na fila do cinema, um primo dele apareceu e o Diego me apresentou como sua namorada.

Só saio daqui MAGRA!

Eu parecia um Transformer em curto-circuito: olhei para o Diego, depois para o primo, para o Diego, para o primo, para o Diego: namorada? Ele disse "essa é a Camila, minha namorada" sem se envergonhar nem um pouquinho? É, um pouco ele se envergonhava, sim. "Cá, na boa, você está meio... assim, meio gorda. Por que não vai para um spa nessas férias, hein? Já pensou, voltar sarada?"
Eu sabia. Cedo ou tarde, de um jeito ou de outro, o Diego iria me encostar na parede e exigir que eu emagrecesse. E ele está coberto de razão.

Sempre quis comprar roupa no shopping sem ser humilhada por vendedoras que parecem modelos, balançar meu corpo na praia sem aquela sensação de que carrego sacos de açúcar presos aos quadris, tomar sorvete ou comer torta de morango em público sem me sentir culpada, enfim, esses prazeres que só o mundo dos magros oferece. Minha mãe não me entende, ela é quase uma modelo. Quase mesmo, poderia ter sido se, na adolescência, tivesse tirado a cara dos livros. Ainda bem que não tirou: já pensou se eu fosse a filha gordinha de uma top model? Que horror! Meu pai então, bem, ele se casou com uma professora de literatura quase modelo: você acha que ele me entende?

Se não tenho força de vontade suficiente para emagrecer sozinha, o jeito é ir para um spa. A hora é agora, afinal estamos no fim de novembro e passei de ano direto. E não quero perder o Diego.

Pesquisei sobre esses retiros dos desesperados na internet. Virtualmente todos são lindos, saudáveis, colori-

Como tudo começou

dos, motivadores, confortáveis e blá-blá-blá. Pouco me importa que os especialistas em obesidade orientem que o spa deve ser encarado como um início e não um milagre, que ele é uma redoma de vidro e a grande sacada é manter a forma aqui fora, na selva de festas, aniversários, casamentos e jantares sem-fins de que é feita a nossa rotina. Quero comprar um corpo magro com o menor prazo de entrega: se isso é um milagre, então, sim, quero um milagre!

Depois de muita briga, minha mãe aceitou me levar amanhã cedinho para o spa *Bosque da Saúde*. Ela ficou furiosa por eu ter feito a reserva sem consultá-la, disse que ir para um spa era absurdo, que não há nada de errado comigo, que eu iria gastar inutilmente o dinheiro das mesadas que havia guardado e blá-blá-blá. Minha mãe não tem a mais remota ideia de como me sinto: tenho pressa.

Anteontem me cadastrei no site do spa, confirmei minha reserva fazendo um depósito, comprei este diário para registrar tudo o que acontecer lá dentro e fiz as malas. Só depois contei para o Diego e para a Ângela, minha melhor amiga. Ele adorou: "Que demais!"
Já a Ângela ficou furiosa:
— Aposto que isso foi ideia do Diego.
— É, foi. Mas o que custa eu fazer a vontade dele?
— Custa, sim, Camila. Custa caro!
A Ângela não gosta do Diego: já deu para perceber, né?

Só saio daqui magra!
(dia 1)

A porta do meu quarto é número 32. Fiquei olhando o número, esperançosa: 32 dias no quarto 32. Três mais dois, cinco. O que isso quer dizer na numerologia? Existe algum animal no jogo do bicho cujo número seja 32? As cartas do tarô possuem número? Ou o I-Ching? Será sorte ou azar?

Minha mãe não queria, mas eu insisti para que ela me desse o cheque com o valor da estadia toda. Se o tratamento for interrompido, perco o que já estiver quitado: isso me dá força para não desistir. O dinheiro é meu, estava na conta dela, mas é meu: 13 mesadas. Estava pensando em viajar no ano que vem, no entanto essa viagem aqui é mais importante.

Resolvi faltar na última semana de aula. Tecnicamente, faltar dez dias na escola é péssimo. Só que esses dez dias serão apenas de resultados de provas, segundas chamadas, conselhos de classe e alunos nervosos roendo as unhas. Se quase não tenho faltas e já passei de ano direto, posso entrar de férias agora. Afinal, o que eu iria ficar fazendo na escola se posso cuidar do meu corpo e voltar para casa antes do Natal? E se eu tiver de ficar no spa mais tempo, eu perco o Natal, perco o Ano-Novo, se bobear perco até o Carnaval, mas só saio daqui magra!

Por enquanto estou sozinha, mas sei que uma moça vai chegar: dividir o quarto é mais barato. Ao preencher o formulário, apenas pedi que ela não fume, de resto, seja o que Deus quiser. Já pensou se me colocam com uma mala sem alça? Bem, pior seria uma mala sem alça fumando feito uma chaminé.

E, por falar em mala, antes mesmo de desfazer as minhas, me pesei e fui ao médico – é obrigatório. Na consulta, um tiozinho careca disse com todas as letras: "A previsão é de quatro a oito quilos de emagrecimento por mês, desde que todo o programa seja obedecido." Nem vou sair daqui magra, vou sair flutuando!

Depois do tiozinho careca, passei por outro profissional, um cara com um bigodão totalmente fora de moda (aliás, não existe bigode fashion: bigode é sempre um horror). Ele me fez deitar, grudou uns eletrodos em mim, me fez segurar um tubinho de metal e depois disse: "Você está liberada." Achei engraçado: liberada para quê?

Hoje já senti que é fácil fazer amigos: é só chegar e entrar na conversa, que quase sempre gira em torno de comida. Na primeira rodinha da qual me aproximei, só se falava disso, o tempo todo, contei até o que comi ontem à noite: uma lata de leite condensado. É sério: como des-

Só saio daqui MAGRA!

pedida, mamei uma lata inteirinha, acompanhada de um copão de leite frio para não assar a garganta com tanto melado. Leite condensado (e o que se pode fazer com ele): o campeão da quebra de dietas. Não, espera um pouco, existem outros, tão fortes quanto: chocolate, sorvete e pizza. Quando falo disso aqui dentro as pessoas babam, suam, reviram os olhos, mas eu, ao contrário delas, não estou sofrendo de fome aguda. Ainda. Trouxe uma peça especial na minha bagagem, roubei da minha irmã: uma calça de couro preta! Ela vai ficar doida de raiva quando descobrir, mas eu precisava trazer: ela será meu termômetro, calça de couro não estica. O dia em que eu entrar nela, posso ir embora. Ah, sim: a Lígia, minha irmã, é magra. Ódio.

Eufemismo
(dia 2)

O tal exame que fiz ontem com o cara bigodudo é um amontoado de frações sobre o que você é por dentro: massa magra, ossos, gordura, água etc. Não entendi para que servem essas estatísticas. Talvez para justificar a grana que a gente paga.

Já percebi que qualquer inteligência mediana aqui fica um gênio da matemática: todo gordo vive fazendo contas. Quanto já emagreceu, quanto isso dá por dia, por semana, por quinzena, quanto dará no fim da estadia, quantos quilos eliminaria (quem perde peso, acha: aqui todo mundo elimina) se pudesse ficar direto no spa, o que pode fazer para que a média de emagrecimento aumente etc.

Vários hóspedes não estão nem aí para a saúde, embora muitos digam que se internaram por causa da pressão alta, do colesterol, das costas, das juntas, da diabetes... Fala sério! Eles ficam fazendo contas e tirando as medidas das próprias cinturas do mesmo jeito. A mocinha da recepção não gostou quando eu disse que estava

Só saio daqui MAGRA!

internada no spa. Ela disse: "Você está hospedada, não internada." Sei. Isso tem nome: eufemismo. Ninguém cresce com uma mãe professora de literatura impunemente. Está anoitecendo, 26 horas se passaram e meu estômago ronca pela primeira vez desde que cheguei. Apesar do ronco, a fome brava ainda não chegou – mas o cansaço, sim. Hoje andei quatro quilômetros, fiz duas aulas de hidroginástica e uma de exercícios localizados – só não acompanhei as últimas séries de abdominais por causa da dor, devo ter mexido com uns músculos que não uso desde que saí do útero! Acabei cochilando no fim da tarde. Cochilando é outro eufemismo: eu desmaiei! Estava tão cansada que nem ouvi o celular tocar: duas ligações da Ângela, uma do celular da minha mãe e duas da minha casa. Nenhuma do Diego.

Eu tenho um calo
(dia 3)

Não falei ontem, mas por aqui a gente acorda às sete e meia e toma café às oito. Por mim tudo bem, eu estava acostumada a acordar às seis para ir à escola, só que minha primeira refeição era outra: pão de batata e um chocolate quente. Depois do café (hoje foram duas torradas, patê de ricota, café com leite e mamão), a gente anda até a cidade, cerca de dois quilômetros de distância: dá um total de quatro quilômetros, ida e volta.

Novidade: agora divido o quarto com Adriana, uma moça de 22 anos que quer emagrecer cinco quilos antes de fazer uma cirurgia para diminuir os seios: eles são imensos mesmo! A Adriana é superbrincalhona, logo que me viu, disse:

– Menina, então não tem nenhum gordo-gooordo neste quarto, hein?

Não? E eu? Quando falo que estou gorda, tem gente que diz: "Imagina, meu bem, você está ótima!" Mas sei onde meu calo aperta – e ele está para lá de Bangladesh,

Só saio daqui MAGRA!

amassado, inchado e inflamado. Esse é um ponto que definitivamente me aborrece: cada um sabe onde seu calo aperta, mas basta você não ser uma obesa mórbida, daquelas que andam se jogando de um lado para outro como um mamute, para os outros acharem que o seu sofrimento é frescura.

    A maioria das pessoas que souberam que eu vinha para o spa achou um absurdo. Isso sem contar os comentários desrespeitosos que ouvi, como se eu fosse uma esquizofrênica e tivesse perdido o limite entre a realidade e a fantasia, como se não soubesse o que é estar saudável e o que é estar gordo. Será que elas sabem o que é sentir as veias das pernas quase estourarem ao agachar? Elas sabem o que é ouvir seu pai dizendo "É, Camila, você não puxou a genética da sua mãe". Será que elas sabem o quanto dói ouvir seu namorado, seu primeiro namorado firme, aquele cara que é mil vezes mais gato, mais sarado, mais popular do que você, aquele cara que você nem acredita que está do seu lado, dizer com todas as miseráveis letras "você está gorda"?

É assim que quero
que você fique
(dia 4)

Adriana é muito divertida, faz piada e acha graça de qualquer bobagem. Apesar de falar com o namorado todo dia, não me parece muito apaixonada, não. Quem é apaixonada tem foto do cara na carteira ou na bolsa – e ela não trouxe nenhuma foto dele. Ando com duas do Diego – uma delas colei no espelho do banheiro.

    Estranho... entra refeição, sai refeição, as pessoas continuam falando só de comida: antes, durante e depois. Vinte e quatro horas por dia, devem falar até dormindo. Uma parte dessas pessoas tem uma obsessão ao contrário: só conversam sobre dieta. Tudo é tomate, cenoura, agrião, repolho, berinjela, chuchu. Todo mundo que está aqui quer emagrecer, em outras palavras, se esquecer da comida e de sua poderosa capacidade hipnotizadora, no entanto, como esquecer de algo se não paramos de falar nele?

    Estava ao celular contando isso para a Ângela, aí ela disse:

– Só falta você sair daí doida!

Só saio daqui MAGRA!

E, mais do que depressa, respondi:
— Se for doida e magra, tudo bem!

Hoje, no café da manhã, uma moça trocou seu copo de leite por um de suco de laranja. Daí alguém pôs em dúvida a equivalência das calorias entre um líquido e outro, e a pobrezinha, sentada ao meu lado, arregalou os olhos.
— Esse suco tem as mesmas calorias do leite, não é? Eles não me dariam um suco calórico, não é?
— Claro que não — respondi para acalmá-la.

O fato é que sei perfeitamente que um copo de suco de laranja tem mais calorias do que um bombom Sonho de Valsa (e estou comparando apenas as calorias, não o valor nutricional). Mas como é que eu poderia contar um negócio desses para a moça? Ela teria uma síncope ali na mesa!

Deu para perceber o nível da neurose? É de deixar qualquer um louco, mas estou conseguindo me isolar dessa lavagem cerebral escrevendo este diário e tentando pensar em outras coisas. Penso no Diego. Mas pensar nele, não sei por quê, não tem me feito muito bem. Sempre vem à minha cabeça o último dia em que a gente se viu, quando ele beliscou meus pneuzinhos e disse: "Ainda bem que você vai para um spa, hein?" Naquele mesmo dia, uma morena passou pela gente e o Diego, de mãos dadas comigo, virou a cabeça para olhar para ela e depois disparou: "Olha aquela gata, Cá: é assim que quero que você fique."

Zumbi
(dia 5)

A quantidade de culpa gosmenta na qual mergulhamos aqui é qualquer coisa... Ontem à noite uma senhora bem baixinha – deve medir 1,45m – deixou duas rodelas de tomate no prato e perguntou se eu queria. Disse que sim, claro. Todo mundo me olhou espantado, a usurpadora. Quando estava abocanhando o último pedaço da fatia de tomate, pensei que aquilo era um acréscimo de calorias na minha dieta e que poderia engordar e me senti culpada! Comecei a choramingar, "ai, quebrei a dieta...", até que me dei conta do absurdo daquilo. Imagina, engordar por causa de duas fatias de tomate!

Tragédia: minha irmã descobriu o sumiço da calça de couro. Só pode ser. Ela me ligou hoje três vezes do seu celular! Não atendi nenhuma.

Hoje entrou uma mulher magra aqui, magra mesmo, ela e o namorado. Provavelmente vieram relaxar. Ela não se mistura com os outros hóspedes, não conversa com

Só saio daqui MAGRA!

ninguém a não ser com o próprio namorado, então parece antipática. Mais antipática ainda porque, além de magra, é bonita. Se fosse uma garota gorda, acompanhada do namorado gordo, e eles não se misturassem, todo mundo acharia normal, "Ah, que lindo, os pombinhos não se desgrudam", mas como a moça é magra e o namorado também, eles passaram rapidamente de rostos desconhecidos a casal antipático e preconceituoso. Talvez não se misturem por serem tímidos, ou por estarem tão apaixonados que só queiram ficar um olhando para o outro, vai saber. Ou querem mesmo é ser invejados até a última costela à mostra. Olha lá ela descendo as escadas de biquíni. E não é que essa mulher tem mesmo o nariz empinado? Ela deve achar que é melhor do que nós. Aposto que amanhã ou depois eles vão embora, gente magra não dura aqui: ou vai embora ou... corre o risco de ser assassinada! Dá até para imaginar a montanha de gordos surtando, se juntando feito zumbis, cercando o casal magrinho e atacando os dois. Bom, surtando todos nós já estamos. Agora só falta virarmos zumbis.

Surtou, saiu, comeu, voltou
(dia 6)

Descobri uma coisa incrível: drenagem linfática! Estava falando com a Adriana sobre como minhas pernas me incomodam quando agacho e ela disse que talvez não fosse gordura, mas apenas retenção de líquido e que eu deveria fazer uma drenagem para tirar a dúvida. Na mesma hora, marquei uma massagem. Engraçado, pensei que a coisa doesse, que fosse forte, mas a mocinha me explicou que basta um toque sutil nos lugares certos para liberar o acúmulo de líquido. Bem, o fato é que depois da drenagem senti as pernas superleves! Desapareceu aquela sensação ruim quando agacho. Posso colocar na minha lista: ao voltar para casa, drenagem linfática toda semana!

Já contei que há um profissional aqui no spa que faz maquiagem definitiva? Vi duas senhoras com cara de Fu Manchu: fizeram tatuagem nos olhos, sobrancelhas e contorno dos lábios. Imagina os maridos quando elas volta-

Só saio daqui MAGRA!

rem: esperam a mulher e quem chega é uma *drag queen*! Sério: é de assustar. Já pensou acordar com aquele rosto de atriz mexicana, tomar banho com aquele rosto de atriz mexicana, ir à feira com aquele rosto de atriz mexicana? Ah, que aflição! Prefiro poder mudar: delineador, máscara para os cílios, gloss, batom, purpurina, blush, sombras, lápis... o que eu quiser, quanto eu quiser e se eu quiser.

Hoje passou um carro de pamonha na porta do spa. É sério. Um vendedor teve a capacidade de dirigir sua Kombi por essas estradas de terra com o alto-falante a mil "pamonhas, pamonhas, pamonhas". Um silêncio de túmulo tomou conta do lugar até que a voz metálica desaparecesse, se misturando com o bater das asas dos urubus (tem muito urubu por aqui). Foi tão esquisito que pensei que a qualquer momento todo mundo sairia correndo atrás do carro de pamonha.

Passatempo: necessidade absoluta num spa. O kit de sobrevivência precisa ter um MP4 lotado com todo tipo de música, livros, um diário e, de quebra, doses cavalares de chá de erva-cidreira ou capim-santo, como eles chamam aqui, para dormir quando a barra pesar muito.

Tem gente que acaba indo passear na cidade para se distrair – e lá tem supermercado, lanchonete, restaurante, padaria, uma loja especializada em chocolates caseiros e outra em todo tipo de queijo: esses comerciantes sabem muito bem a mina de ouro que é pôr comida à venda perto de um spa. Depois, é fácil saber quem cedeu à tentação e quem resistiu: quem voltar com uma inexplicável falta de apetite desandou na cidade. Acho que é uma estratégia o spa deixar seus hóspedes à solta: financeiramente é maravilhoso, pois, se eles não estiverem com a estadia fixa, demorarão mais para sair daqui por causa das recaídas, além disso o spa evita ter trabalho com pessoas surtadas pela fome. Surtou, saiu, comeu, voltou. No dia seguinte, basta começar de novo.

Tô de mau humor, sim, e daí?
(dia 7)

Acordei com um tremendo mau humor e queria ficar sozinha no quarto. Joguei uma isca, sem saber se daria certo. Contei para a Adriana que na cidade mais próxima há uma loja de roupa de praia especializada em mulheres maiores, ou seja, eles sabem como fazer uma modelagem que transforma qualquer mulher meio gordinha numa modelo de capa de revista. Ela logo se animou:

– Vamos, Camila?
– Ih, estou com uma dor de cabeça... – disse, pondo a mão na testa.

Dor de cabeça: a desculpa universal. Esfarrapada, mas funciona. Adriana, entusiasmadíssima, se juntou a duas outras mulheres e foram juntas de carro para a cidade. Ela quer comprar alguns maiôs bem decotados para usar depois da redução de seios.

Ah, sossego! Fechei tudo para que nenhuma chata metesse a cara pela janela do quarto com aquelas perguntas:

– Você não vai à hidro? Por quê?

Tô de mau humor, sim, e daí?

– Você não vai caminhar? Precisa, viu!
– Você não fez nada hoje? Que horror!
Dá vontade de responder:
– Que eu saiba minha mãe não passou procuração para você me vigiar. Então vê se me esquece!

Mas é claro que, em prol de uma convivência pacífica, murmuro umas desculpas esfarrapadas, entre elas a universal dor de cabeça. O duro é quando alguém se pendura na janela e desanda a falar dos regimes que já fez, dos pesadelos que tem tido com comida, da ginástica que não está adiantando nada e por aí vai.

Neste spa não somos obrigados a fazer exercício algum, se não tivermos vontade. Se quisermos, podemos até trazer comida para o quarto, ninguém revista nossa bagagem. Não sei como tem gente, até mesmo famosa, que se sujeita a isso. Que coisa humilhante! Também podemos nos sentar à mesa de maiô, pijama, roupão, canga... Os portões lá embaixo ficam sempre abertos, fechando apenas às dez da noite. Ah, e ninguém faz lavagem intestinal nos hóspedes de manhã: existe spa que faz. Ai, que nojo! Nossa... tô de mau humor, sim, e daí? Pronto, também não vou escrever mais nada. Que se dane.

P. S.: Por que a Ângela me liga todo dia, meus pais me ligam todo dia, e o Diego, não?

O exército de uma boca só
(dia 8)

Hoje é dia de dieta líquida, o que significa que, por longas 24 horas, nada sólido chega às nossas boquinhas famintas. Na hora do jantar, o estômago de quase todo mundo já apresentava sinais de coma. A sopa de tomate estava rala e excepcionalmente ruim. Digo excepcionalmente porque a comida no spa é quase sempre muito boa – mas em pouca quantidade.

E não é que bem nesse dia, em que nossos maxilares estão se desconjuntando de tanto chacoalhar papa, a namorada magra antipática resolveu jantar apenas frutas? Seu companheiro magro jantou sopa também, só que numa quantidade maior que a nossa.

O prato dela – cheio de frutas mastigáveis! – saiu da cozinha nas mãos de uma das serventes, cruzou o refeitório, nossa mesa, nossos olhos, nossos narizes, fez nossos pescoços se retorcerem e nossas bocas se encherem de saliva. Quem já esteve num spa sabe que secamos com o olhar o prato dos outros – especialmente se esse outro

O exército de uma boca só

estiver fazendo a dieta de 1.200 calorias/dia (a maioria faz de 600, outros até de 300).

Quando o prato com pedaços de manga, uva, morangos, laranja, mamão e pera foi depositado em frente à garota, só então percebemos que seus olhos estavam vermelhos. O que será que tinha acontecido? Estava na cara: briga, briga feia, briga de deixar os olhos cheios de lágrimas. Depois de uns minutos sem comer nada, a namorada magra saltou (magro não anda, salta) da mesa e foi embora pisando duro. O namorado a seguiu, mas não sem antes comer toda a sopa e a gelatina. Nessa hora, dez traseiros gordos (inclusive o meu) pularam como pipocas, loucos para detonar todas aquelas 400 calorias de frutas frescas. Como um exército de uma boca só, corremos a toda velocidade, alguém deve ter quebrado o recorde dos cinco metros rasos. Salve-se quem puder!

Os outros gordos, gordos passivos, gordos estranhamente saciados, saíram do refeitório, uns se divertindo à nossa custa e outros, vê se pode, nos recriminando como quebradores de dieta.

Depois das primeiras dentadas nas frutas, algo fora dos planos aconteceu: a moça, a magra, a antipática, apareceu pela porta envidraçada, vindo na direção do refeitório, dessa vez sem o namorado. Desastre! Fugir, não dava: ela já havia nos visto. Explicar, também não: ela não era gorda. Pedir outro prato de frutas para substituir o roubado, muito menos: pagaríamos o maior mico.

A única saída era esconder o resultado do furto: um enfiou um pedaço de manga debaixo do guardanapo, se

Só saio daqui MAGRA!

esquecendo de limpar o fiapo babado no queixo, outra segurou meia laranja meio chupada espremendo alguns gomos e melando a palma da mão, eu enfiei dois pedaços de pera de uma vez na boca, que ficou cheia, coisa que em spa é aberração.

Quando já estava à beira da porta, ela pareceu desistir de entrar no refeitório e continuou reto até a recepção. Ufa: alívio!

Depois, lá fora, sentados nas redes, nós rimos e rimos e rimos e falamos disso a noite inteira.

Ai, que falta do que fazer.

Chamando urubu de meu louro
(dia 9)

Não escrevi sobre o Renan aqui ainda porque estava de muitíssimo mau humor e precisava narrar em detalhes a batalha pelas frutas ontem, mas agora tenho disposição para contar o que está acontecendo.

Há três dias, chegou ao spa para uma temporada sem previsão de alta um rapaz de vinte anos, 1,69m e 140 quilos, o Renan. Não dei esses detalhes por maldade, mas tem de ficar claro que ele é muito, muito gordo. E, como a maioria dos gordos, tem um rosto lindo: atrás daquela banha toda existe um homem que faria muitas mulheres suspirarem. Às vezes acho que uma boa parte das pessoas bonitas do mundo engorda para não lidar com a beleza, como se ela fosse, sei lá, uma maldição.

Voltando ao Renan: ele não poderia ser mais adorável, simples, animado, simpático, uma ótima companhia. Gostei dele logo de cara: não, nada de segundas intenções, até porque tenho namorado – mesmo que ele não me ligue!

Só saio daqui MAGRA!

O caso é que Renan conheceu Adriana e ficou a fim dela. Já dona Adriana, ao ver o novo hóspede, se espevitou feito um pavão e começou a jogar todo o seu charme para cima dele. Isso é uma maldade sem tamanho: ela está tentando seduzir o Renan só para se sentir gostosa! Alguém pode dizer que estou prejulgando e que é possível nascer um grande amor debaixo dos meus olhos preconceituosos, e essa afirmação sem dúvida estaria certa não fosse por um detalhe: eu sou companheira de quarto da Adriana, já a conheço o suficiente para saber que seu interesse pelo Renan é pura vaidade, além do mais, ela tem namorado! Não é certo brincar com os sentimentos de alguém que está carente.

Hoje chamei a Adriana para o quarto, onde não seríamos interrompidas, e tive uma conversa séria com ela. Dei uma de irmã mais nova chata.

– Adriana, fala a verdade: você está gostando mesmo do Renan?

– Ah, eu acho ele uma gracinha.

– Tá, mas ele está se apaixonando por você.

– Imagina, Camila!

– Se ele quiser ficar com você, você ficaria?

– Fico, ué.

– Fico, ué? Fico, ué??? Adriana, quando a gente está mesmo a fim de alguém não responde "fico, ué". E se você não estiver gostando do Renan, não o iluda, isso é uma maldade!

– Mas eu não tô iludindo ninguém.

– Ele sabe que você tem namorado? Adriana, uma decepção amorosa dói muito, ainda mais em alguém cuja autoestima não está lá essas coisas.

Adriana jurou que não vai magoar Renan. Você aí acreditou? Nem eu. Vamos ver no que isso vai dar.

Essa coisa de chamar urubu de meu louro é muito comum por aqui. Passamos o dia vendo pessoas com a mesma estética e, com uma absoluta falta de homem, você começa a achar que um cara pelo qual nunca se interessaria na "vida real" aqui até que dá um caldo. É a homose. Não falei da homose? Já contei para a Ângela, mas não escrevi ainda o que é. Ah, mas não pode faltar isso aqui no meu diário, só que por hoje chega: bateu o maior sono.

Homose
(dia 10)

Hoje estava passeando pelo spa quando encontrei um dos empregados e parei para bisbilhotar o que ele estava fazendo numa construção ao lado do prédio principal. Ele, um amor de pessoa, não só me explicou que estão fazendo uma quadra de squash – esporte que consome muitas calorias – como também me convidou a conhecer os quartos do segundo andar que acabaram de ser inaugurados. Ah, que sonho! Há apartamentos com cama de casal, com muito mais espaço do que os outros e uma varanda imensa, com ofurô e tudo! Nem preciso dizer que fiquei babando.

Esse empregado é realmente um amor, pena eu ter esquecido de perguntar seu nome, fica um tanto estranho tratar alguém pelo codinome de trabalhador braçal. Ele é magro (essa é a primeira coisa que se nota nas pessoas aqui dentro), tem 1,85m, pelas minhas contas. Será que ele come a mesma comida que a gente? Ora, que bobagem a minha, mesmo que coma, não é a mesma quantidade.

Homose

Não, isso não é um surto de homose. Foi bom lembrar, ainda não falei da dita cuja. Para entender a homose é preciso, antes, saber o que é cetose. Vamos ao *Aurélio*:

Cetose
[De ceto- + -ose.]
S. f. Quím.
1. **Cetona** (designação comum aos compostos orgânicos que têm como grupamento característico um oxigênio ligado por duplo enlace a um carbono secundário) que contém diversas hidroxilas (o grupamento monovalente OH; oxidrila), uma das quais vizinha da carbonila.

Entendeu alguma coisa? Nem eu. Vou te explicar o que é cetose num spa: quando você para de comer toda a comida que estava acostumada, seu corpo leva um choque, esse choque te deixa fora do ar um ou dois dias, com enjoo, tontura, dor de cabeça, fraqueza, pernas moles, às vezes até febre. Dizem que depois que passa a gente emagrece que é uma beleza. Já a homose... está na cara: é a falta de homem. E falta de homem também traz seus efeitos: faz a gente ficar carente.

– Por que diabos o Diego não me liga? O que foi que eu fiz? Será que ele está com outra? Será que ele me trocou e nem me deu satisfação?

– Não sei, Cá. Por que você não liga para ele?

– Ah, Ângela, eu tô quase sem créditos, você sabe, e ligar pelo spa é supercaro.

– Conta outra, Camila.

– Hum, o motivo não é esse mesmo... é que... ele não sente saudade de mim? Eu quero saber se ele sente saudade de mim! Se ele sentisse, ligaria.

Só saio daqui MAGRA!

— Bom, pra começo de conversa, acho um absurdo o namorado mandar a namorada para um spa.
— Ah, dá um tempo...
— Isso significa que ele não gosta dela do jeito que ela é! E vale a pena ficar com um cara que não gosta de você do jeito que você é? Me fala, Camila, vale?
P.S.: Eu odeio a Ângela.

Mentirinha do bem
(dia 11)

Ai, ai. Aconteceu o que eu previa: meia dúzia de beijos e, pronto, o Renan, ingênuo, já pediu a Adriana em namoro. E ela... bem, ela disse que era cedo demais, que eles ainda estavam se conhecendo e mais um monte de desculpas esfarrapadas. Sei disso tudo porque ela mesma me contou. Adriana parece criança.

— O que faço agora, Camila? Ele tá querendo grudar em mim!

— Fala que você não quer magoá-lo iniciando um namoro, porque o que rolou foi apenas uma grande atração física.

— Ah, fala sério!

— Estou falando. Olha só: você ficou com o Renan, provou para si mesma que é muito poderosa e agora quer se livrar dele, certo?

— Credo, você fala de um jeito... Eu só desencanei dele, a gente ficou e eu desencanei.

— Tá legal. Mais um pouco você grita: "Volta pro mar, oferenda!"

Só saio daqui MAGRA!

— Camila! Você vai ou não me ajudar?
— Vou. Você tem duas saídas: ou diz a verdade ou diz uma mentirinha do bem.
— Que mentirinha do bem?
— A que já falei.
— Ah, não!
— Olha, é isso ou a verdade, que vai doer muito, não se esqueça. Se você disser que o que sentiu foi só atração física, ele vai se sentir menos mal.

Aposto que não convenci a Adriana. De qualquer maneira, logo vou saber: estou assistindo a essa história de camarote.

Diego e Fernando
(dia 12)

Faz 12, 12, 12 dias que estou aqui e o Diego me ligou apenas hoje: uma, uma, uma vez! Ele disse que a ligação estava horrível (eu o ouvia superbem) e que eu deveria dar um jeito de me conectar pra gente conversar pelo MSN. A internet é liberada nos quartos (liberada mediante uma taxa semanal), mas eu não trouxe o laptop, até poderia, mas, sei lá, não queria ficar online, queria dar uma parada total mesmo.
Não era para ser assim! Pensei que o Diego me ligaria todo dia, achei que ele viria me visitar aos sábados ou aos domingos (são os dias de visita), achei que ele entraria aqui tão lindo e eu sairia correndo e o abraçaria e falaria para todo mundo: "Ele é o meu namorado, meu namorado mesmo!" Mas, não. Nem uma coisa nem outra. Em vez disso, ele quer o MSN. É mais rápido receber uma resposta por sinal de fumaça de uma tribo africana do que do Diego pelo MSN. Ele fala com 215 pessoas ao mesmo tempo. Insuportável. Eu até poderia ligar para ele, mas se

Só saio daqui MAGRA!

ele não sente a minha falta, por que eu faria isso? Ia parecer coisa de gorda carente. E o Diego não precisa saber que sou uma gorda carente. Sabe o que ele me disse antes de desligar? "E aí, tá ficando sarada, Cá?"
Estou ficando é surtada, isso sim! Arranquei a foto do Diego do espelho do banheiro, tirei a outra foto da minha carteira e joguei as duas dentro de uma gaveta vazia. Fica aí, de castigo, pra ver se aprende alguma coisa!

Vamos para assuntos mais agradáveis. Temos um novo colega na turma, o Fernando. Na verdade, ele não é gordo: como disse, essa é a primeira coisa que a gente repara aqui dentro. E Fernando não é mesmo nada gordo. Ele mora a duas estações de metrô da minha casa, dá para acreditar? Coincidência. Ele estava de bobeira nas férias – também tem 16 anos – e resolveu vir para cá, é isso. Ou quase isso.

– Todo ano a gente passa dezembro inteiro na praia, não tem nada novo lá. Quando eu era criança era legal, mas agora... sabe quando bate aquele saco cheio?

– Ô se sei – respondi, olhando para o céu.

– Meus pais não iam liberar grana pra eu viajar sozinho, daí tive uma ideia!

– Jogou aquele papo de saúde.

– Saúde, ganhar músculos, aprender a comer direito... E agora estou livre!

Livre? Quero só ver quando a cetose chegar.

Lição de psicologia
(dia 13)

O choque foi grande ontem. Antes de deitar, fiquei em frente ao espelho uns dez minutos e me examinei detalhadamente. Quer saber de uma coisa? Eu sou bonita! Sério: sou bonita mesmo! Quanto será que já emagreci? Dizem que gordo é um bicho assexuado – se isso é verdade, já não devo estar tecnicamente gorda. Bom, ok, algumas gordinhas por aí estão com a libido no céu, mas aposto que elas não se sentem gordas. Por exemplo, independente do meu peso, há momentos em que me sinto gorda ou, ao contrário, me sinto magra. É assim: se eu estiver com X quilos, cuidando de mim, comendo direito, nossa, me sinto ótima. Se estiver com X quilos, o mesmíssimo peso, mas enchendo a cara de comida, engordando, me sinto péssima. Alguém que se sente gordo fica assexuado, sim. Então hoje acordei magra.

Seção novos hóspedes: hoje entrou aqui uma senhora de uns, sei lá, cinquenta anos talvez, dona de um restau-

Só saio daqui MAGRA!

rante, casada, com um cabelo ruivo e cacheado, 1,60m e, tchãrã, 110 quilos. Preciso dizer? Um rosto lindo: por debaixo da capa de gordura é a cara da Catherine Zeta-Jones. Nunca vi tanta gente linda disfarçada quanto num spa. O Fernando também é superbonito – e não usa uma capa de gordura para esconder isso. Ele tem um cabelo liso meio comprido, loiro, com as pontas mais claras, os olhos verdes e um nariz compridinho. Sabe quem ele parece? Nossa, é a cara do Sawyer do *Lost*! E isto aqui bem pode ser uma ilha.

Bem, mas eu estava falando da dona do restaurante. Zuleica – esse é seu nome – sentou à mesa e, em vez de falar em comida, como quase todo mundo, começou a reclamar do marido. Ele a trai, é alcoólatra, é irresponsável, é egoísta e, para completar a lista, de vez em quando, bate nela.

Todas as mulheres que ouviam seu chororô (e alguns homens também, o Fernando e o Renan estavam lá) se revoltaram: por que Zuleica não larga um traste daqueles? Está certo que casamento não é coisa que se empurra para o barranco na primeira dificuldade, mas ninguém tem o direto de fazer o outro de escravo, ainda mais usando violência! Maria Helena, uma psicóloga nariguda (e bem gorda), começou a conversar com a Zuleica – e todo mundo com suas xícaras de "chá-fé" em volta ouvindo.

– Zuleica, você nunca pensou em se separar?
– Não...
– Nunca disse para o seu marido que se ele não mudasse você iria embora?
– Nunca... Ele tem suas qualidades, não quero me separar.

Lição de psicologia

— Quais?
— Quais o quê?
— Quais qualidades ele tem?
— Ah, ele é um bom pai... adora as crianças, sabe? Nosso menor é superagarrado nele, precisa ver que coisa linda os dois juntos.
— Tudo bem, mas essa qualidade não te diz respeito. Ele pode continuar sendo um bom pai separado de você.
— ...
Mais tarde, quando Zuleica foi tomar banho, a Maria Helena comentou:
— O marido da Zuleica é um homem tão cheio de defeitos que, para que ela consiga continuar vivendo com ele, sobrevivendo a ele, precisa estar gorda. Pois aí, sim, na cabeça dela, eles ficam equivalentes em defeitos e o casamento não se quebra: ele bebe, mas ela é gorda; ele a trai, mas ela é um colchão amarrado pelo meio, cujo sexo está escondido em camadas de gordura; ele bate nela, mas ela aceita, pois pensa que não merece coisa melhor. Se Zuleica emagrecesse, abandonaria o marido. Talvez ela nem tenha se dado conta de que veio para cá não só para emagrecer, mas no fundo para ter forças para se separar.
A teoria é boa, a prática é que eu quero ver.

Cocô de rato
(dia 14)

Amanhã Adriana vai embora e dentro de alguns dias terei uma nova companheira de quarto: ficarei um tempo completamente só. Oba! Um pouquinho de privacidade não vai nada mal, nada mal mesmo.

Estou com pena é do Renan. Não falei que Adriana iria dar o maior gelo nele? Ela jogou uma conversa de que não quer ficar falada e que namoro é coisa séria e que ela ainda está pensando e tal. É um poço de mentiras essa garota. Contei a história toda pro Fernando, ele está dando uma força pro novo amigo, sei lá, homens se entendem. Confesso que às vezes tenho vontade de dar umas bofetadas na Adriana.

Puxa, o tempo não passa dentro de um spa. Eu faço um monte de coisas, olho no relógio e se passaram 15 minutos, uma loucura. Vai ver que é por isso que em outros spas as atividades são obrigatórias, para que a cabeça não fique rodando, mas a melhor coisa que pode

Cocô de rato

acontecer para quem chega aqui é, sem comida, ter tempo para a cabeça rodar, rodar e ganhar mundo. Às vezes é bom. Tenho pensado muito. Talvez a Ângela tenha razão: Diego deveria gostar de mim pelo que eu sou e não querer me mudar. Eu posso até mudar, mas por mim, para me sentir melhor, não porque meu namorado mandou – se é que essa criatura ausente ainda é meu namorado. É, tenho pensado muito.

Uma senhora chamada Dominique esperou o marido vir no sábado para vê-la, ele não veio; esperou por ele no domingo, ele não veio; aí ela foi até a fábrica de chocolates e desceu a boca em tudo o que pôde comprar. Daqui da minha janela posso vê-la sentada num banco de pedra, olhando triste o pôr do sol e arrotando sem parar. Em spa ninguém arrota, pois a comida é tão pouca que nem abrimos a boca o bastante para engolir um punhadinho de ar. Já que entramos nas especialidades nojentas, convém comentar o funcionamento de nossos intestinos que é a coisa mais engraçada do mundo: como não ingerimos comida o bastante para fazer bolo fecal diariamente, só vamos ao banheiro uma vez a cada três ou quatro dias, é normal isso. E, quando fazemos alguma coisa, olhamos na privada e pensamos que aquilo ali não é cocô de gente, é de rato. Ou de coelho, para ficar mais poético.

Uma das árvores do caminho que leva ao estacionamento acabou de ser cortada por causa dos cupins. Eu nunca tinha visto um cortador de árvores em ação. Para

Só saio daqui MAGRA!

se ter uma ideia de como sou bicho da cidade, ontem, ao andar pela estrada, topei com um animal e disse:
– Olha lá, gente: leite!
– Mas isso não é uma vaca, Camila!
– Não?!
– Não, é um boi! Você vai ordenhar o quê?
Deu para sentir a magnitude da minha ignorância ecológica, biológica ou animalesca, sei lá?
Voltando ao cortador de árvores: fiquei fascinada! Usando apenas uma corda e uma machadinha, ele subiu naquela árvore imensa e foi cortando os galhos de cima para baixo. Depois que o tronco estava pelado, o rapaz, de volta ao chão, apanhou um machado bem maior e abriu uma fenda na base do tronco. Depois, largou o machado, apanhou um serrote imenso, enganchou-o na abertura do tronco e começou a serrar com muita força. Que atividade fascinante! Mas por que entrei nesse assunto? Ah, sei lá, coisas de spa.

Tudo cada vez mais claro
(dia 15)

Notícias do dia: alguns hóspedes foram embora (como a Adriana, que, depois de toda a confusão que criou na cabeça do Renan, já foi tarde) e outros entraram. Hoje chegou uma moça chamada Marcela. Bonita e magra, juro, qualquer um olhará para essa mulher de uns trinta anos e dirá: essa fulana é magra. Mas Marcela nem sempre foi assim, há quatro anos pesava oitenta quilos a mais. É isso aí: oitenta a mais! Chegou com as fotos do antes – afinal ela mesma é o depois. Não consigo acreditar no que as fotografias provam: ela realmente pesava 145 quilos e hoje está com 65! Estou morrendo de curiosidade para ver a Marcela pelada: onde ela enfiou as pelancas? Vestida, não dá para ver nada.

Ah, diário, o Fernando é um cara tão legal! Fiquei até tarde ontem à noite conversando com ele na área das redes – falando baixinho, claro, porque a gente não deve fazer barulho por aqui depois das dez da noite. Deus me

Só saio daqui MAGRA!

livre acordar um pobre estômago faminto. A área das redes é um jardim lindo, entre o refeitório e os quartos, com várias pilastras e umas dez redes bem coloridas. Como as redes são super-reforçadas, eu e Fernando pudemos ficar numa só.

Ele me contou que Adriana fez mais um estrago – e a cara de pau não me disse nada! Ela estava falando com o namorado pelo celular no deque da piscina (lugar bem afastado, a garota estava mesmo se escondendo), quando Renan se aproximou silencioso como um elefante. Ele ouviu tudo. Foi um choque para os dois: o coração dele virando caquinho e ela não sabendo que mentira inventar. E não inventou nenhuma, disse que o rapaz do celular era seu namorado mesmo e que "essas coisas acontecem". Renan, pacífico também como um elefante, não mandou Adriana para o inferno nem reclamou de ela ter mentido. Sabe o que ele disse para o Fernando? Que a Adriana já tinha feito muito por ele. Feito muito? Renan merece coisa melhor e um dia vai perceber isso. Será que sou assim com Diego? Será que acho que qualquer migalhinha que ele me dê já é muito? Ah, qualé: quem vive de migalha é pomba! E eu também mereço muito mais do que migalha, muito mais do que um cara que me manda virar outra pessoa.

– Ô, cabeça-dura! Até que enfim você concorda comigo!

– Sabe por que você sacou o absurdo dessa história bem antes de mim? Primeiro porque você está fora da situação e depois porque você é magra, Ângela! Não tem essa carência te comendo por dentro...

– Deixa de falar bobagem, Cá! Você acha mesmo que é fácil ser supermagra como eu? Meu colo é ossudo, não tenho coragem de usar decote. Morro de vergonha de ir à praia ou à piscina porque minhas pernas não têm recheio: parece que um camelo acabou de passar no meio delas. Usar minissaia nem pensar. E calça justinha, também não: fico parecendo um par de varas de pesca com uma cabeça em cima. Por que você acha que experimento a loja toda antes de comprar uma roupa? Porque é difícil achar algo que fique realmente bom em mim. Essa história de que magro pode vestir qualquer coisa é a maior mentira!

Nossa, que surpresa foi ouvir a Ângela dizer aquilo tudo. Quer dizer, ouvi-la reclamar da própria magreza não é novidade, mas... é como se agora a ficha tivesse caído. Não é à toa então que somos melhores amigas: há muito mais em comum entre nós duas do que eu pensava... E se a Ângela não for tão magra quanto ela pensa que é e eu não for tão gorda quanto eu penso, e nós formos ainda mais parecidas do que imaginamos que somos? Está ficando confuso isso? Não, pelo contrário: tudo está ficando cada vez mais claro.

Sabe, não contei para ninguém aqui que namoro, só a Adriana sabia. E eu namoro? Se eu namorasse, acho que haveria pelo menos uma chamada dele por dia no meu celular, não é? Se eu namorasse, acho que receberia ao menos uma visita no fim de semana, não é? Se eu namorasse, ele me amaria – e me amaria do jeito que sou –, não é? Então, eu não namoro.

Mais uma noite na rede
(dia 16)

Estava ainda pensando na reação do Renan: ele tinha todo direito de, pelo menos, ficar chateado com a Adriana, mas não. Ele disse aquela frase: "Ela já fez muito por mim." Gordos são simpáticos, são engraçados, são bons amigos, quebram qualquer galho. E por quê? Se você não é aceito pela sua aparência, tem de se virar para agradar de outra forma: é aí que o gordo se vira do avesso para ser legal, engraçado, inteligente, bonzinho, amigão. E não adianta querer construir um visual alternativo: a gordura não sai do primeiro plano. Em vez de gordo, teremos um gordo-emo, um gordo-tatuado, um gordo-cheio-de-piercings ou um gordo-gótico, que seja, mas sempre um gordo. Se aparência não fosse algo tão importante, a gente se relacionaria com as pessoas apenas pelo caráter delas. Não seria muito melhor?

Descobri mais algumas coisas sobre a Marcela, a moça fez uma operação no estômago. Ela me disse que está aqui para perder, ou melhor, eliminar cinco quilos. Depois da redução de estômago, ela passou por outras cirurgias para retirada de pele do abdômen, seios, pernas e braços. A dificuldade foi tremenda, pois durante todo esse processo o marido dela, Heitor, não a ajudou, pelo contrário. Ele é muito ciumento e já disse várias vezes que prefere a mulher gorda. Maria Helena, nossa psicóloga nariguda de plantão, já montou o diagnóstico da Marcela. "Heitor ama uma Marcela gorda, feia, embotada, domesticada, submissa, amuada, não a Marcela magra, linda, altiva, com personalidade e vontade próprias. Por quê? Ora, a única mulher que está à altura de Heitor era a Marcela-gorda-infeliz. A feliz é muito melhor do que ele, e isso lhe é insuportável."

Está aí o decreto da profissional: uma análise bem parecida a que ela fez do caso da Zuleica. Eu queria saber qual é a história da Maria Helena. Aposto que debaixo dessa banha, desse narigão e dessa mania de analisar todo mundo tem muita, mas muita coisa.

Olha só isso: fiquei mais de uma hora consolando uma vizinha de quarto, uma garota que tem 15 anos, chamada Rafaela. A família está em cima dela feito um carcará sanguinolento. Sua mãe pegou pesado no telefone quando soube que ela emagreceu "apenas" cinco quilos em dez dias. É uma ignorante mesmo. A família acha que ela vai perder trinta quilos em trinta dias e cobra isso da menina, pode? Olha só o que a mãe dela disse: "Seu pai nunca mais vai te pagar nada se você não aproveitar direito esse spa, viu, Rafaela! Ligamos outro dia e disseram que estava dormindo! Três horas da tarde e você dormin-

Só saio daqui MAGRA!

do, menina, tá pensando o quê da vida? Você está aí para fazer muito exercício! Mas em vez disso fica dormindo!" Tenho lá os meus perrengues com a minha mãe, mas nada que se compare a isso.

Estava aqui enrolando, enrolando para entrar depois no assunto... Ah, diário... Acho que o Fernando está a fim de mim! Ontem a gente sentou na rede de novo, aquele calorão, à noite, depois que todo mundo foi deitar. Ficamos conversando baixinho e dando risada e aí as nossas pernas estavam encostadas, sabe como é, rede e tal, e ele escorregou a mão até tocar a minha. Primeiro ficou encostado só: ele sem mexer a mão, eu também. Aí, depois de um tempo, ele pegou na minha mão, entrelaçou os dedos nos meus e nós ficamos assim, como se fosse supernormal. Uma hora ele disse:

– Sabe, tive muita sorte em vir para cá e te conhecer.

– Por que sorte?

– Porque você não é gorda, nem eu sou gordo, não tem por que a gente estar aqui. Mas é bom demais que a gente esteja, não é?

Enquanto o Fernando falava e afastava o cabelo dos olhos com aquela jogadinha de cabeça do Sawyer, meu coração bateu tão forte, mas tão forte que tive medo que ele escutasse. Sabe, não quis falar para ninguém sobre ele. Normalmente eu já teria contado tudo para Ângela, mas, não sei por quê, não tive vontade. É como se eu quisesse manter essa sensação gostosa só para mim. Isso é... precioso.

You are the top!
(dia 17)

    Opa, opa, opa, para tudo! Soem as trombetas! Hoje entrou no nosso spa, adivinhe quem? A Alessandra Mafra! Simplesmente a maior top model brasileira, a sucessora de Gisele, a unanimidade mundial!
— E como ela é? — Ângela logo quis saber.
— Ela é bonita e tal, mas...
— Mas o quê?
— Ah, sei lá.
— Qualé, Cá? Conta tudo!
— A mulher parece que vai quebrar ao meio, Ângela! Nem você que se acha supermagra é tão magrela quanto a Alessandra Mafra! Macérrima é o superlativo de magra, minha mãe me ensinou. Pois a criatura é macérrima. É impressionante mesmo: ela tem um rosto lindo, é alta pra caramba e o corpo, hum, o corpo não é aquela coisa toda sexy que a gente vê nas fotos, não. Mas não é mesmo!
— Você tem certeza de que é a Alessandra Mafra?
— Tenho! Ela trouxe até um assessor que fica chamando de "bicha" o dia inteiro. Eu, hein! Ela não se mistura,

Só saio daqui MAGRA!

mas não é por isso que eu tô falando que ela não é tão bonita assim, não é inveja, juro. Até o Fernando concorda comigo.
 — Quem é Fernando?
 Fernando de novo. Fernando sempre. Fernando na rede. Fernando e eu de mãos dadas. Fernando e eu cochichando. Fernando e eu trocando olhares. Ah...
 Deixa eu registrar fofocas menores: conheci uma hóspede chamada Iara, aparentando uns cinquenta anos, loira, bem gorda, casada, mãe de dois filhos, não trabalha fora. Falou em comida sem parar, até aí qual é a novidade? A surpresa é que uma hora Iara disparou:
 — Meu problema é que engordo porque cozinho só à noite, aí como de tudo e depois vou dormir.
 — Tenta cozinhar durante o dia — aconselhei.
 — Ah, não gosto: meu prazer é ficar até altas horas na cozinha, sem ninguém para me aporrinhar.
 — Mas se você cozinhar de dia vai sobrar mais tempo até para estar com seu marido.
 — Meu marido já tem bastante do meu tempo, credo. Que mais ele quer? E depois ele não pode se encostar na minha perna que já começa a se esfregar feito cachorro vira-lata, eu, hein! Pelo menos a mãe dos seus filhos devia respeitar!
 Bom, de tanto conviver com a nariguda Maria Helena, estou ficando meio psicóloga. Olha só minha teoria: Iara não engorda porque cozinha e come à noite. Ela cozinha e come à noite porque quer engordar e deixar de transar

You are the top!

com o marido! Engordando e se sentindo feia ela se esconde não só à noite, mas o tempo todo. Ah, será que descobri minha vocação? Olha, se bobear, até que sim, viu! Sempre pensei em fazer jornalismo: gosto de ouvir as pessoas e escrever a respeito. Mas com a psicologia, além de ouvir e escrever, posso ajudar também. Hum... Preciso conversar mais com a Maria Helena.

※

Fome? Que fome?
(dia 18)

Tenho uma nova companheira de quarto! Quer dizer, nova, nova não é, porque já a conheço: é a Rafaela, a menina cuja família fica cobrando emagrecimento todo dia. Eles estão remanejando os hóspedes porque o spa está na alta temporada e então tiveram o bom-senso de reorganizá-los por idade e pelo tempo que já estão aqui, por isso a Rafaela veio ficar comigo. A cada dia o spa enche mais: verão, férias, já viu, todo mundo quer ficar magro do dia para a noite.

A Alessandra Mafra passou o dia no Espaço Zen fazendo massagem de todos os tipos: com chocolate suíço, com pedras quentes, com cremes de pitanga, damasco e amora, com lama da ilha de Java, com cera egípcia, só faltou com cocô de cavalo. E o assistente o tempo todo grudado nela: as notícias correm por aqui. Soube que ela está fazendo a dieta de 300 calorias, que é uma insanidade, é praticamente uma cartilha para a anorexia: os médicos do spa não veem isso? Não entendo por que ela não malha

como todo mundo. Iria emagrecer mais rápido do que fazendo massagens e comendo aquela miséria.
– Ela não malha porque não quer ganhar massa muscular – disse Fernando.
– Quanto mais seca, melhor para o mercado. Melhor para o mercado e pior para a saúde dela.
– Você acredita que nem comer com a gente ela come? A Ângela está tão bem-informada sobre o que se passa aqui dentro que pode até se tornar informante de algum fofoqueiro profissional.
– Dizem que as modelos são supersimples e andam de chinelo arrastando no chão, mas essa aqui é bem empinadinha, viu?
– E o tal assessor?
– Sempre com ela. E ela continua berrando por todo lado: "Bicha, tô bege; bicha, vai fazer carão no espelho e não me enche; bicha, que bafon!" Precisa de um tradutor para entender o que ela fala.
Para terminar meus relatos... Fernando! Passamos mais uma noite na rede – na mesma rede – conversando, só que com mais gente em volta. Acho que a estadia da Alessandra Mafra deixou esse povo todo na pilha. Mesmo conversando com os outros, nós ficamos de mãos dadas. E ele fazia carinho nos meus dedos de vez em quando. Nessas horas eu olhava para ele, ele olhava para mim, e ele dava aquela jogadinha de cabelo. Ai, ai... Pergunta se estou com fome? Nenhuma!

O aniversário de Dominique
(dia 19)

Hoje é aniversário da Dominique. Nem perguntei quantos anos ela está fazendo: quando uma mulher arranca pelos debaixo do queixo com uma pinça a gente não deve perguntar a idade, pode ser perigoso.

Soube que, quando alguém faz aniversário aqui no spa, eles preparam um bolo light, cantam parabéns com direito a velinha e tudo, e depois repartem a guloseima. Todo mundo ficou eufórico com essa história e até quem nem sabia o nome da Dominique correu para cumprimentá-la.

Seu marido finalmente deu as caras e veio resolvido a lhe dar um presente de grego: levou-a a uma pizzaria para jantar. Quando soubemos, ficamos doidos! Não por solidariedade à Dominique, já conhecida por não ter grande resistência a uma boa comida gordurosa, mas porque se ela não chegasse a tempo o nosso bolo seria cancelado e teríamos de nos contentar com gelatina colorida! Dominique, onde está você?

O aniversário de Dominique

Quando Dominique entrou no refeitório, toda esbaforida, havíamos terminado o jantar fazia uma hora e estávamos quase roendo as mesas de tanta ansiedade. A entrada da aniversariante foi superfestejada: gritamos, assobiamos, batemos palmas. Cantamos o "Parabéns pra você" mais histérico de nossas vidas e, enfim, Dominique apagou as velinhas do bolo de coco com calda de chocolate.

Foi então que vi: Dominique estava chorando. Aquela mulher, absolutamente só, embora acompanhada do traste do marido e dos filhos, estava emocionada com nossa demonstração de carinho, quando, na verdade, estávamos demonstrando carinho apenas para com os nossos estômagos: tudo o que a aniversariante representava para cada um de nós era o pedaço de bolo de coco com calda de chocolate, nada mais. E a coitadinha chorava, supondo ter amigos sinceros. Foi meio chocante ver isso, me senti uma... uma estelionatária emocional!

Mas comi o bolo. E até o Bráulio, nosso professor de educação física, comeu um pedaço mais do que generoso. Tudo bem, afinal ele é tão magro que pode traçar um boi com chifre e tudo.

Tem uma senhora a fim do professor e a coitada está que não se aguenta, porque vai a todas as aulas que ele dá por dia. Como se não bastassem as provas aeróbicas, ela ainda se morde de ciúme, já que o Bráulio é muito cortês e dá atenção a todo mundo. Outro dia, uma gordinha peso pesado o ameaçou:

— Professor, se prepara que vou sentar no seu colo!

Só saio daqui MAGRA!

Ao ver a menina abaixando, Bráulio pediu:
— Espera uns 15 dias, meu bem!
Foi a maior gargalhada! Fala sério: esperar uns 15 dias é bondade, ali precisa de uns seis meses.

Contei para o Fernando como eu havia me sentido em relação à Dominique e ele disse que sentiu a mesma coisa. Ficamos morrendo de pena dela: como é triste estar rodeada de gente e, ao mesmo tempo, completamente sozinha.

Espelhos tortos
(dia 20)

Recebi um verdadeiro tesouro hoje! Desde que cheguei a este spa tenho usado, na minha comida, um tempero pronto. Só sal e limão estavam muito sem graça... O pote não era meu, era da dona Jerominha (apelido engraçado, né?), e onde ela ia, na hora das refeições, eu ia atrás, mas não apenas para usar seu tempero. Dona Jerominha é uma senhora fofa, acabou virando nossa avó aqui no spa. Fiquei triste quando soube que ela iria embora, mas fazer o quê? Isso vai acontecer com todo mundo.

O filho da dona Jerominha veio pegá-la hoje, depois do café da manhã. Mas, antes disso, ela colocou a cabecinha branca por dentro da minha janela:

– Camila, tenho um presente para você... posso entrar?

– Claro!

Ela me estendeu um embrulho azul com estrelinhas douradas e uma fita por fora. Parecia presente – e era.

– Vou deixar este tempero com você, ainda está na metade, vai dar sabor à sua comida até você sair daqui...

Só saio daqui MAGRA!

Abracei e beijei dona Jerominha, disse que nem sabia como lhe agradecer.
– Ah, é fácil: me prometa uma coisa.
– O que a senhora quiser!
– Prometa que nunca mais vai se envergonhar do seu corpo.

Dona Jerominha me quebrou as pernas: fiquei com os olhos cheios d'água, aquilo tinha muito valor para mim. Não, eu não estou falando do tempero.
– Prometo. Eu prometo!

Piscina ou praia sempre foi sinônimo de sofrimento para mim. Praia boa era praia deserta, piscina boa era piscina particular e também deserta, rodeada por um muro de dez metros, se possível. Pois é, mas as coisas mudam. Sim, elas mudam!

Não sei se foi influência da dona Jerominha, mas hoje, em vez de descer a longa escada que leva à piscina enrolada numa canga imensa, em vez de deitar na espreguiçadeira ainda enrolada na canga, de ir tirando a canga deitada para que ninguém visse meu corpo, de permanecer deitada e não entrar na água de jeito nenhum, hoje eu vesti meu biquíni, me olhei no espelho de frente, de lado, de costas e... decidi sair sem canga! Por quê? Porque estou me sentindo bem!

Então, ainda dentro do meu quarto, coloquei a mão na maçaneta, parei um pouco, respirei fundo e abri a porta. Sair do quarto só de biquíni e chegar até a piscina do jardim significaria passar pela área das redes, pela frente do refeitório, pelo quiosque que vende refrigerantes com caloria zero, pela longa escada ao lado da piscina aquecida, pelo jardim e, finalmente, pela própria piscina cheia de gente. Fechei os olhos e me concentrei naquela sensação de segurança que sentia, que ainda sinto e... fui andando. Sem toalha, sem canga, sem bolsa, sem elástico, sem vergonha!

Ao contrário do que pensava, o mundo não acabou, as pessoas não olharam horrorizadas para mim, não foram se afastando como se estivessem na presença do Corcunda de Notre Dame, não ficaram rindo nem cochichando. Elas simplesmente nem notaram que eu estava andando só de biquíni! Estou dentro do peso regular! Rigorosa, total, absolutamente normal! Sim, porque, se eu fosse a baleia que sempre julguei ser, todo mundo iria notar minhas infelicidades à mostra e, mesmo num spa, eu não passaria despercebida.

Como teste final, dei a maior volta e passei em frente à Alessandra Mafra, que estava parada feito um poste na recepção. Fui andando num passo normal, nem rápido, nem lento. Ela acendeu um cigarro, começou a fumar e eu passei na frente dela, bem na frente. Entrei na recepção, peguei um folheto qualquer, dei meia-volta e saí. Passei duas vezes só de biquíni no nariz da Alessandra Mafra e ela nem me notou! Ok, ela é uma autocentrada, incapaz de perceber um mamute pintado de laranja, mas isso não importa. Aquilo foi como um ritual para mim: eu passei de biquíni na frente de uma das modelos mais famosas do mundo e não me senti mal, nem menor, nem feia, nem estranha. Que demais!

Dá para acreditar que eu não brincava dentro de uma piscina desde que era pequena? E dessa vez entrei sem o

Só saio daqui MAGRA!

menor medo – meu medo até ontem não era da água, claro, era do biquíni. O pessoal estava jogando vôlei na piscina quando cheguei, e foi Priscila quem chamou: "Ei, Camila, vem aqui completar o nosso time!"
E fui! Chuá, tchibum, fui! Priscila é uma garota de 19 anos que também veio passar as férias aqui (ela pretende ficar até a metade de janeiro) e até hoje não entendo por quê: ela não é gorda, não é nada gorda, por Deus, ela tem... um peso saudável!

Eu estava ali, pensando naquilo e pulando (por dentro e por fora), quando a Priscila me disse:
– Não sei por que está aqui, Camila, você não é gorda.

Bling, blang, blung! Sons de milhares de fichas caindo na minha cabeça! Priscila me vê exatamente como eu a vejo, exatamente como passei a me ver: essa é a realidade!

Tenho pais supermagros, minha melhor amiga é bem magra também, toda a mídia ao meu redor vende, impõe, consagra um padrão de beleza que não é natural (não é natural para 98% da população do mundo), então nada mais lógico do que eu me achar uma baleia! Será que vivemos todos numa espécie de reino dos espelhos tortos? Sim, porque parece que o espelho de todo mundo ficou maluco! Ninguém se enxerga como verdadeiramente é! Quantas pessoas existem, além desse spa, que possuem um peso saudável e se sentem uns paquidermes? E sofrem? E fazem dietas malucas? E tomam anfetaminas? Quantas?

Espelhos tortos

Peguei Priscila pelos braços, olhei bem fundo nos seus olhos e disse:
– Querida, você também não é gorda! Renan é gordo, Maria Helena é gorda, Zuleica é gorda, Dominique é gorda, mas você e eu, nós estamos com um peso legal, um peso saudável, você não percebe?
Não, ela não percebia. À noite, na rede, eu estava tão empolgada com essas descobertas que, mesmo querendo ficar sozinha com Fernando, arrastei Priscila comigo. Foi uma noite supergostosa, ficamos batendo papo sobre isso e outras coisas, Marcela e Renan estavam lá também. Então, depois de todo mundo ter dito para a Priscila que ela não era gorda coisa nenhuma, ela falou meio que para si mesma:
– Será?
Tenho certeza de que esse "será" foi o primeiro passo, só o primeiro. Antes de irmos dormir, Fernando deu um sorriso especial para mim: era como se a gente tivesse se falado através daquele sorriso, era um sinal de admiração, pude sentir isso. Acho que o Fernando está gostando mesmo de mim. E eu também estou gostando dele. Gostando bastante dele. E gostando bastante de mim também.

Maria Eduarda
(dia 21)

Nota: hoje pedi que minha dieta passe a ser de 1.200 calorias. Não quero sentir muita diferença entre a comida daqui e a que comerei lá fora – e 1.200 está mais perto do que posso manter em casa.

Estou com os olhos pesados de sono, mas não posso deixar de escrever tudo o que aconteceu.

Depois do jantar, fizemos uma dinâmica de grupo. Foi assim: estávamos todos sentados na sala de TV, uns no chão, outros nos sofás, outros nas cadeiras e a professora de educação física – o Bráulio está de folga – desenterrou um rolo de barbante de uma cesta de vime. Aí ela pediu para que cada um de nós pegasse o barbante, contasse a pior coisa que nos aconteceu neste ano e passasse o rolo para outra pessoa – sem esquecer de ficar segurando o barbante. Não era obrigatório se confessar publicamente, muitos disseram que não queriam tocar em assuntos desagradáveis e passaram o barbante para outra pessoa, sem deixar de segurar seu pedaço em silêncio.

Os piores acontecimentos do ano foram bem variados: mortes, prejuízos financeiros e profissionais, desilusões amorosas, engordas, fracassos, separações... Fernando disse que o pior momento do ano foi a morte do avô: se eu estivesse ao seu lado iria pegar na sua mão e apertar bem forte, mas havia três pessoas entre nós. O pior, para mim (eu não disse a ninguém), foi estar tão carente a ponto de me envolver com o Diego, um namorado que tinha a ousadia, o desplante, a cara de pau, a pouca sensibilidade de me chamar de gorda! Quem ele pensa que é? Quem esse miserável insensível preconceituoso e babaca pensa que é?

Quando todo mundo terminou de falar, uma cama de gato enorme havia se formado. Mais ou menos quarenta pessoas (nenhuma mudou de lugar) estavam segurando seu pedaço de barbante: imagina o trança-trança!

Na segunda parte da brincadeira, tivemos de contar o que de melhor nos acontecera neste ano, fazendo o caminho inverso com o barbante. O Fernando disse que a melhor coisa do ano foi ter vindo para cá, olhou para mim e piscou o olho. Quando chegou a minha vez, eu disse a mesma coisa e dei a mesma piscada para ele. Foi lindo, íntimo, doce e me deixou nas nuvens.

Mas uma outra coisa me chamou a atenção nessa hora: as mães. As mães escolheram, dentre todas as experiências boas do ano, algo que aconteceu com seus filhos e não com elas. Foi como se aquelas senhoras exis-

Só saio daqui MAGRA!

tissem apenas como mães. Não houve uma sequer que tenha respondido "a melhor coisa que me aconteceu este ano foi a concretização de um projeto profissional" ou "foi uma viagem que sempre quis fazer" ou "foi uma segunda lua de mel" ou "foi ter me separado" ou apenas "emagrecer". As respostas que todas as mães deram – e eu disse *todas* – foram de um só tipo: "Minha maior alegria neste ano foi a formatura da minha filha." "Para mim, foi o casamento do meu filho." "A minha maior alegria foi minha filhinha aprendendo a ler e a escrever!" "Foi minha filha ter terminado o noivado com um rapaz péssimo que iria fazê-la muito infeliz, tenho certeza."

As mães aqui no spa não têm nome individual: são apenas mães. Não têm profissão (ou ao menos não falaram dela), não possuem sonhos separados de seus filhos, nem amores que não sejam eles. Isso me assustou.

Quero ser mãe um dia, provavelmente ficarei feliz em ver coisas boas acontecendo com meus filhos, mas não quero que eles sejam a única alegria, o único interesse, o único prazer, a prioridade eterna da minha vida: eu sou a Camila, quero ser sempre Camila.

O nome da minha mãe é Maria Eduarda – e ela não tem apelido, é Maria Eduarda mesmo. Adora ler, lecionar e fazer crochê. Quando não está lendo, minha mãe está fazendo bicos de crochê numa centena de panos de prato que, no fim do ano, são vendidos num bazar beneficente. Quase todos os panos já vêm pintados ou bordados, e ela faz a barra de crochê, variando os pontos, o tamanho do barrado e as cores. Gosto dos brancos: gosto quando ela corta um retângulo pequeno no meio do pano e dentro dele faz um crochê, depois faz outro na barra: tudo branco, sem desenho, sem bordado, fica lindo! Quando eu tiver a minha casa, quero esses panos de prato na cozinha. Minha mãe também adora meu pai. Vejo quando ela para um pouco de ler ou de costurar, deixa os óculos na ponta do nariz e fica olhando para ele uns segundos, em silêncio. Percebo e acho bonito. Nessas horas o pescoço dela enruga. Depois, ela levanta a cabeça de novo e continua o que estava fazendo. Minha mãe é bem magra, já disse isso. Bem magra mesmo, já tomou até injeção para ver se engordava. Acho que ela gosta de ter uma filha com todas as carnes no lugar como eu, porque ela sempre fala: "Ah, Camila, que pernas lindas você tem, bem torneadas e grossas!" E ela tem pernas fininhas como as de um gafanhoto. Quem repete isso é ela: "Essas minhas pernas de gafanhoto são horríveis." Mas eu não as acho horríveis, são esguias, como diz meu pai, iguais às pernas da minha irmã Ligia: diferentes das minhas, mas bonitas também. Nunca perguntei qual foi a pior coisa que aconteceu na vida da minha mãe, mas acho que foi a morte do pai dela (meu avô Ubiratan, que não cheguei a conhecer).

Depois da dinâmica, liguei para ela:

– Mãe, qual foi o momento mais feliz da sua vida?

– Mais feliz? Por que você quer saber isso, filha?

Só saio daqui MAGRA!

— Hoje teve uma dinâmica aqui no spa na qual a gente tinha de contar qual a pior e a melhor experiência da vida e fiquei pensando o que você diria.

Minha mãe pensou um pouco e respondeu:

— Melhor e pior... Bem, o pior momento da minha vida foi... eu nunca te contei isso, mas foi quando sofri um aborto espontâneo. Foi antes de você nascer, dois anos antes. Eu estava com quatro meses de gravidez e comecei a sangrar, aí perdi o bebê.

— Nossa! Por que você nunca me contou?

— Me entristece tocar nesse assunto, filha.

— Mas não era só um fetinho?

— Não, Camila. Era um filho, um menino. Fiquei tão sem graça, tão surpresa e ao mesmo tempo com vontade de chorar: eu poderia ter tido um irmãozinho e nem sabia disso! Achei melhor mudar o assunto.

— E o momento mais feliz, qual foi?

— Ah... um só?

— Um só.

— Foi uma festa... bodas de ouro dos meus tios-avós, você não os conheceu. Eu tinha 14 anos e usei um terninho bordô de veludo, fiz escova e maquiagem pela primeira vez. Antes de sair, seu avô me deu esses brincos de pérola que uso até hoje. Passei a festa toda andando para lá e para cá, estava me sentindo tão linda e... Foi como se seu avô dissesse para mim, "Ok, filha, agora você é mesmo uma moça". Aquela foi a primeira vez que me senti adulta... e a sensação foi maravilhosa!

— Que lindo! Você tem fotos dessa festa?

Maria Eduarda

– Antigamente tirar fotos não era algo tão comum quanto hoje. Algum parente deve ter fotografado a festa, e talvez eu apareça em uma foto ou duas, mas não tenho a menor ideia de onde elas estão.

Parece que minha mãe continua sendo a Maria Eduarda. Fiquei pensando, estou pensando até agora, que não conheço minha mãe nem meu pai direito – o que será que eles já passaram na vida que não sei? Os pais da gente sempre estiveram lá, então temos aquela impressão de que não existia nada, antes de nós, na vida deles, mas é mentira: eles viveram um monte de coisas antes. E eu gostaria de saber o quê.

Alcoolismo e um telefonema insignificante
(dia 22)

Hoje de manhã chegou uma moça chamada Paola, que não é gorda, tem 1,55m, cabelo comprido escorrido, e um jeito de palerma. Seria mais um caso de uma menina com peso regular que se acha gorda? Ela chegou acompanhada da mãe, uma milionária antipática, e, assim que a mãe foi embora, Paola se sentou no refeitório, apoiou o queixo nas duas mãos e começou a falar. Eu acho que ela estava meio alterada.

– Mamãe não quer que ninguém saiba, mas eu preciso é parar de beber. Fiz coisas horríveis. A gota d'água foi atropelar meu irmão, quando estava tentando estacionar o carro, totalmente chapada. Ele está bem, quebrou a perna e teve que colocar um pino. Foi aí que eu disse a mim mesma: "Chega!" Pedi para a mamãe que me internasse numa clínica, mas ela não quis, ficou com medo de alguém descobrir e sujar o nome da família, essas coisas.

Alcoolismo e um telefonema insignificante

Então ela resolveu me internar aqui neste spa, coisa muito chique que não pega mal, não é? Muito chique... Eu me pergunto como uma mãe pode deixar que as aparências coloquem em risco a saúde física e mental da própria filha. Será que aquela milionária de nariz empinado não consegue pôr a mão na consciência nem por um minuto? Paola aqui não terá assistência nenhuma no que se refere ao alcoolismo: não há terapeutas, não há comida para substituir a bebida (nessas horas é bom negócio entornar um pote de sorvete em vez de uma garrafa de uísque), e ninguém conhece os 12 passos do AA. Além do mais, as portas para a rua estão abertas! Não seria mais adequado que Paola fizesse uma desintoxicação numa clínica sem poder sair, pelo menos por um tempo? Será que ela não precisa de remédios para diminuir o desejo de beber, sei lá?

Estávamos na área das redes (eu, o Fernando e mais umas pessoas) falando disso quando meu celular tocou. Eu não ando com o celular, ele fica no quarto, mas meu quarto é perto das redes e minha cama fica ao lado da janela, então eu o ouvi. Fui lá atender crente que era a Ângela. Fazia uns dias que a gente não se falava porque ela está de castigo: foi numa balada sem permissão, a mãe dela ficou furiosa e cortou celular e internet. Quando olhei no visor, porém, vi que não era minha melhor amiga. Era o Diego. Pensei em não atender. E não atendi mesmo.

— Você bateu o recorde de telefonema mais curto do universo! — brincou Fernando quando voltei.

Só saio daqui MAGRA!

— É, pois é...
— Aposto que era sua mãe — disse uma senhora que eu nunca vi mais gorda.

Por um instante todos olharam para mim e eu me senti na obrigação de dizer quem me ligou.

— Era engano. Uma mulher queria falar com o filho, deve ter discado errado.

— Olha, seu celular está tocando de novo, Camila.

— Deixa tocar.

Maridos
(dia 23)

Entrando na intimidade dos outros, tenho aprendido muito. Virgínia (a tal senhora que disse ontem nas redes "aposto que era sua mãe", e que eu nunca havia visto mais gorda) está aqui há uns dois dias, junto com o marido. Ele é magro e à tarde vai para a cidade comer. Pois hoje ele deu um verdadeiro escândalo no almoço.

Virgínia adora comida árabe e para temperar sua salada comprou um pote de iogurte natural desnatado, mostarda e algumas ervas. A compra dessas ervas já foi hilária: ao entrar no supermercado, acompanhada da Marcela (que está com conjuntivite), Virgínia perguntou para o rapaz do balcão se havia ervas no estabelecimento. O moço desviou os olhos de Virgínia para Marcela e de Marcela para Virgínia até que, depois de dar um passo para trás, respondeu inseguro: "Não temos isso aqui não, moça."

Pois é. Ela teve de explicar item por item do que queria dizer quando pedia "ervas"!

Só saio daqui MAGRA!

Com todos os ingredientes, na hora do almoço Virgínia pegou um pote de acrílico e fez um tempero pastoso. De repente, seu marido, na frente de todo mundo, começou a falar bem alto:
– Virgínia, mostarda tem açúcar, como é que você está comendo isso?
– Não tem quase, Reinaldo.
– Como não? Olha aqui a composição: amido de milho, açúcar, isso é um veneno, você não pode comer!
– Foi só uma colherinha.
– Mas não pode! Tem açúcar!
Ela se calou. Ele jogou violentamente o frasco de mostarda sobre a mesa. Fiquei petrificada de horror – eu e todo mundo que presenciou a cena.
Pois aposto que ali o problema era tudo, menos a mostarda.

Continuando com o registro de maridos estúpidos, Marcela, que emagreceu oitenta quilos depois de uma cirurgia no estômago, tem me contado certas coisas sobre seu marido. Uma delas achei horrível: um dia Marcela estava num consultório médico, junto com Heitor, aguardando sua vez de ser atendida. Para passar o tempo folheava uma revista qualquer. Uma das matérias era sobre o Brad Pitt. Marcela parou os olhos na foto do ator não mais de três segundos, lambeu o dedo para virar a folha quando a mão de Heitor, rápida e violenta como um raio, amassou a página da revista!

Marcela deu um pulo na cadeira, assustada com o bote do marido-cascavel, e começou a desamassar a folha, morrendo de vergonha dos outros pacientes que

Maridos

presenciaram a estupidez de Heitor. E ele, vermelho como um morango tingido, berrava que se ela queria outro marido era só falar. Pode?

Não sou cruel, mas me diz uma coisa: esse tipo de homem — e de mulher também, porque tem muita louca à solta por aí — não está pedindo para ser traído? Pensa bem: quando Heitor não dá espaço para a esposa sequer olhar a foto de um ator numa revista, de vestir uma roupa que ela goste, de pegar um cinema, de viver, de respirar, não está aumentando o fogo debaixo da panela de pressão? Se bobear, a coitada engordou um pouco só para ter motivo para relaxar aqui.

E por falar em caras grosseiros, Diego me ligou cinco vezes ontem, cinco vezes seguidas. Depois mandou um torpedo: "Seu celular está com defeito: eu te liguei um monte de vezes. Beijo." Puxa, que romântico! Será que a consciência dele ficou limpa com meia dúzia de telefonemas para a namorada em um mês? Mas quanta consideração, estou emocionada!

Ok, falando sério: preciso conversar com o Diego. Acabar nosso namoro e pronto. Só não acho legal terminar pelo telefone, é muita falta de consideração e, embora ele não mereça consideração, vou fazer a coisa do jeito certo. Ângela não concordou comigo:

— Esse rompimento era para ontem, Camila! Diego não merece você, nunca mereceu, sempre foi um garoto metido e imbecil! Liga logo para ele e acaba tudo de uma vez, vai. Ou então manda um e-mail.

— Você está louca? Imagina se eu acabasse pelo telefone ou mandasse um e-mail, aposto que ele jogaria isso

81

na minha cara o resto da vida, aposto que espalharia para a escola toda!

— Então você ia virar a heroína do colégio, porque todo mundo detesta o Diego. Todo mundo menos os amiguinhos idiotas dele.

— Não, Ângela: eu vou fazer a coisa direito.

Está decidido. Não quero mais nada com o Diego — e não é por causa do Fernando. Claro, estou a fim do Fernando, claro, sei que é uma questão de tempo para ficarmos juntos e estou louca para que isso aconteça, mas essa não é a razão para querer acabar com o Diego. Agora, vejo o absurdo que era ele olhar para uma outra menina e dizer "é assim que eu quero que você fique", agora percebo como minha autoestima estava baixa para aceitar as coisas que ele me dizia e pior: achar que ele tinha razão! Ele é um imbecil, mas não é por isso que vou acabar um namoro pelo telefone. Esse trabalho sujo tenho de fazer pessoalmente.

Massagem e respeito
(dia 24)

Eu não fui para as redes hoje à noite, estou com uma cólica daquelas que só ficando deitada para aguentar. O Fernando é tão legal: veio me trazer chá, perguntou se eu estava melhor e aí me ofereceu uma massagem nos pés.

– Não sabia que você fazia massagem para cólica menstrual.

– Não faço. Mas posso inventar uma.

Eu me sinto tão conectada ao Fernando, tão íntima, é como se a gente se conhecesse há séculos! Quando tem um monte de gente em volta, ele me olha, joga o cabelo daquele jeito e eu entendo. Sempre entendo o que ele quer dizer. A gente conversa sem palavras. Foi assim com a massagem, ficamos em silêncio, só nos olhando e ele massageando meus pés. Ah, acho que isso é felicidade.

A massagem estava tão boa que acabei cochilando e quando acordei tinha um bilhete em cima da mesa. "Espero que você melhore. Beijo, linda." Já era meia-noite,

Só saio daqui MAGRA!

então peguei meu caderno e estou aqui escrevendo até o sono voltar. Acho... acho que realmente estou apaixonada pelo Fernando. O que eu sentia pelo Diego é tão pequeno, tão distante, tão diferente do que sinto pelo Fernando... Sim, agora eu sei: isso é felicidade!
"O Fernando não tem irmão, não? Primo, pelo menos?" A Ângela disse que já é fã do Fernando sem nem conhecê-lo. Li não sei onde que amigo não é aquele que te apoia no fracasso, mas aquele que suporta o seu sucesso. Ângela é minha amiga mesmo, ela não fica com inveja se as coisas dão certo para mim. Quando comecei a namorar o Diego, pensei que ela estava com inveja, mas não era nada disso: ela via que o Diego era um babaca. Eu, não. Ou talvez eu até visse, mas me sentia tão pequena, tão frágil, tão carente que fingia não ver: eu precisava de alguém, de qualquer um. Hoje sei que posso ter alguém realmente legal do meu lado e, se esse alguém não tiver aparecido, não preciso ficar com a primeira porcaria que cruzar meu caminho – mesmo que a porcaria venha num corpinho bonito porque, vamos combinar, o Diego pode ser um babaca, mas que ele é bonito, é. Não mais que o Fernando. O Fernando tem algo que o Diego não tem: é um jeito diferente, um jeito de olhar, de se mover, de sorrir, algo que é só dele. É charme. O Fernando é um cara charmoso e... Ih, deixa eu mudar de assunto senão só vou escrever sobre ele (vontade não falta).

Massagem e respeito

Vamos à agenda do dia: a Alessandra Mafra foi embora. Não deve ter emagrecido nada: e aquele corpo tinha algo para emagrecer? Vai ver que ela veio se desintoxicar de alguma coisa para não ficar com espinhas, sei lá. Se desintoxicar de cigarro é que não foi porque ela fumava feito uma chaminé. Enfim, há histórias muito mais legais do que a dela – até porque ela não conversava com ninguém a não ser com aquele seu assessor. Que coisa mais sem graça, ir para o spa e não conversar com as pessoas, se ela soubesse o que perdeu...

Uns saem, outros chegam: chegou uma amiga da Marcela, a Dora. Elas se conheceram quando fizeram o curso preparatório para a operação no estômago. Logo que a vi, achei que Dora ainda iria fazer a cirurgia, mas não: ela já fez, já emagreceu e engordou de novo! Eu não sabia que isso era possível, mas é. Acho que ela deve pesar uns noventa, cem quilos. A Marcela me disse que ela não perdeu a compulsão, mas a trocou. Antes não gostava de beber e agora entorna vodca todo dia. Vodca com leite condensado! Isso faz a gente pensar: se a válvula de escape de alguém é a comida e essa pessoa corta a possibilidade de comer muito, faz sentido que ela transfira a compulsão para outra coisa, não é? Primeiro tinha de cuidar da cabeça, depois do estômago. Ou, no mínimo, dos dois ao mesmo tempo.

Ah, mas tem uma história que preciso registrar: a da Dirce. Ela chegou há três dias, é uma moça baixinha, morena, olhos castanhos, cabelos curtos enrolados, o

Só saio daqui MAGRA!

tipo mais comum do mundo. É gerente de uma loja de roupas, casada, mãe de uma menina que também se chama Camila. Dirce tem um ar desconfiado e é um tanto tímida, enfim, o protótipo da mulher sonsa a quem a gente nem dá atenção.

Hoje não fui fazer hidroginástica por causa da cólica que estava começando. Como a Rafaela estava dormindo, preferi ficar na sala de TV que deveria estar vazia àquela hora. Mas não estava. Não sei exatamente como, mas de repente a Dirce estava me contando que três anos atrás perdeu um filho aos cinco meses de gravidez, uma criança que tinha má formação congênita e que se sobrevivesse, coisa descartada pela maioria dos médicos que consultou, viveria no máximo alguns anos. Seu obstetra quis que ela abortasse, mas ela, não.

Quando descobriu que o bebê havia morrido, Dirce foi operada e a criança retirada por um corte horizontal na barriga (ele era pequeno demais para uma cesárea comum). Ela me contou que natimortos com menos de meio quilo não precisam ser enterrados com toda a burocracia que isso envolve, mas ela e o marido fizeram questão.

Na época, Dirce ficou tão deprimida que engordou 15 quilos. Depois foi fazer terapia, melhorou bastante, mas a gordura ficou e... nada de ir embora.

"A ausência de um filho é como um buraco que não é preenchido nunca. Mas onde meu Mateus estiver, ele sabe que foi muito amado."

Fiz força para não chorar para ela não se sentir pior, mas agora... Lembrei do aborto que minha mãe sofreu

Massagem e respeito

aos quatro meses: era um menino também. E eu nem sabia disso até alguns dias atrás!

Logo tachei a Dirce de mulher sonsa, por causa da sua aparência, sem levar em conta quem ela era de verdade. Agora sei que atrás de qualquer peso, de qualquer pessoa, de qualquer rosto, tem sempre uma história. Uma história que merece respeito.

Três longos dias
(dia 25)

Hoje conheci o pai do Fernando. Ele vai passar o fim de semana num hotel fazenda para relaxar. Como a mulher e os outros filhos estão na praia, e o hotel é aqui perto, ele resolveu levar o Fernando. Um senhor super-simpático, parece mais jovem do que meu pai. Também, papai não tira aquela barba! Enfim, isso não importa. O importante é que vou ficar sem o Fernando por três dias! Hoje, sábado e domingo! Antes de ele entrar no carro, falei no seu ouvido:
— Vou ficar com saudade.
Ele respondeu.
— Ela vai acabar logo.
E eu entendi. Entendi o que ele disse, o que estava por trás do que disse, entendi seu sorriso, entendi sua mão na minha cintura: quando ele voltar, vamos ficar juntos. Está marcado, está selado, está firme como rocha. Me subiu um calor por dentro, uma tremedeira, eu queria mandar o pai dele embora, queria grudar no Fernando e

não desgrudar mais, queria... ai, estou apaixonada! Mas vou ter de me distrair com a fauna do spa durante três longos, longos, longos dias...

Ai, ai, ai... Distração, Camila, distração: vamos lá. O professor Bráulio costuma fazer uma brincadeira com quem acaba de chegar: logo que se apresenta, ele diz que já pesou duzentos quilos. A graça da história é que todo mundo cai na mentira – algo que lá fora seria descartado com um "ah, para com isso!", aqui vira a coisa mais comum do mundo porque no spa há várias pessoas que realmente já pesaram – ou pesam – duzentos quilos. Eu mesma caí direitinho.

– Nossa, Bráulio! E o que você fez com as peles que sobraram?

O professor tem aquele corpinho sarado, sem sinal de cicatrizes, por isso fiz essa pergunta. Paguei o maior mico.

– É brincadeira, Camila! Eu sempre fui magro.

O Bráulio caiu na besteira de fazer a mesma brincadeira com umas velhinhas cacarejantes chatíssimas. Pois acredita que elas se sentiram desrespeitadas, disseram que ele as estava ridicularizando só porque eram velhas, foram até reclamar na recepção? Me poupe.

Estou com uma moça entalada na garganta: o nome dela é Rô. Não sei se é Rô de Rose, Roberta, Rosana, Rosângela, Rosélia, Rosalinda, Ronalda, Rosicleide, Romilda, Robélia, Robervalda, nem me interessa saber. Essa fulana começou a pegar no pé da Rafaela, minha colega

Só saio daqui MAGRA!

de quarto. A Rafaela tem saudade de casa, dos amigos, está com dor de ouvido, fome, cãibra e, como última aquisição fornecida pela maldosa Rô, chegou à conclusão de que é burra.

– Mas que ideia, Rafaela: por que você se acha burra?
– Ah... as pessoas aqui sabem um monte de coisas que eu não sei: me sinto burra.
– Em todo lugar há pessoas que sabem mais do que a gente, isso não tem nada de mais, não quer dizer que você seja burra; quer dizer que você, como todo mundo, tem um monte de coisas para aprender.
– É, mas eu falo errado... Hoje a Rô me chamou a atenção.
– Chamou? Como?
– Falei que estava "meia cansada" e ela disse que o certo é "meio cansada" e que eu falo errado porque sou caipira.
– Ela disse isso na frente de alguém?
– Na frente de todo mundo: estávamos jogando baralho.
– Mas isso é o fim da picada!
– Ah, mas sou burra mesmo.
– Rafaela, você não é burra. Você é uma garota adorável, carismática, bonita, inteligente... O "meia cansada" está errado mesmo, tudo bem, mas a Rô não tem o direito de te humilhar desse jeito na frente dos outros. Quando a gente quer ajudar, espera a pessoa ficar sozinha, senta num canto e com muito jeito diz que aquela expressão que ela falou está errada e ensina a certa. Olha que sei o que estou falando porque minha mãe é professora

de literatura e me corrige o dia inteiro! Mas fazer isso em público é a coisa mais horrorosa que já vi! Essa hiena da Rô tem é inveja de você porque todo mundo te adora.

Ainda não consegui convencer Rafaela de que ela não é burra. Quanto à Rô, uma coisa é certa: tudo o que vai nesse mundo, volta. E, às vezes, volta em banha. Farta, adiposa e flácida banha!

Barra-pesada
(dia 26)

Ah, dá para acreditar nisso? O Fernando mandou um torpedo: "Vinte e quatro horas que parecem 24 anos. Beijos, linda." Me fala se não é para se apaixonar? Faz 24 horas que não nos vemos e parecem mesmo 24 anos! Linda, linda, linda... eu adoro o jeito que ele me trata. Adoro o Fernando! Mandei uma resposta assim: "Estou tentando me distrair, mas não paro de pensar em você. Beijo." Cinco segundos depois que mandei a mensagem, ele me ligou.

– Também não paro de pensar em você.

Ficamos conversando quase uma hora, acho que acabei com os créditos e com a bateria dele.

– Eu não queria vir com meu pai.
– E eu não queria que você tivesse ido.
– Percebi.
– Ah, percebeu nada, vai.
– Percebi, sim. Nos seus olhos.
– Fernando... eu não vou fazer jogo, eu... estou apaixonada por você. Pra valer.

– Eu também, linda. Pra valer.

Depois que desliguei, fiquei pensando... precisamos ficar distantes um do outro para ter coragem de abrir o jogo. E por falar em abrir o jogo, eu não disse nada sobre o Diego para o Fernando, nem vou dizer. Estou me sentindo meio mal, acho que deveria ligar para o Diego e terminar tudo antes de ficar com o Fernando. Mas isso é tão chato, acabar pelo telefone...

– E se você deixar para acabar depois e o Fernando descobrir e ficar magoado, hein? Não vai ser pior?

Ângela tem razão. Seria muito pior. Ai, o que eu faço? Preciso de um conselho profissional.

– Maria Helena, essa é a situação. O que você acha que devo fazer?

– É uma questão de escolha, Camila: ou você tem consideração pelo seu namorado e espera para lhe dar o fora pessoalmente ou tem consideração pelo Fernando e acaba tudo por telefone para ficar livre para ele. Quem merece mais sua consideração?

É isso aí, Maria Helena tem razão, e a Ângela também: quero começar a coisa direito com o Fernando, tenho de acabar com o Diego e vai ser por telefone mesmo! Amanhã, ligo para ele.

Mudando de assunto, a Rafaela está fazendo o choque hoje, graças à sua família que não para de ligar perguntando quanto ela emagreceu. Por aqui, quando o emagrecimento dá uma estacionada, a pessoa é aconselhada a fazer o choque, ou seja, ficar um dia inteiro só

Só saio daqui MAGRA!

comendo frutas. E tem muita gente que fica na neura do "ai, eu juro que amanhã vou fazer o choque". Por essas e outras optei por só me pesar no fim da estadia: é permitido fazer isso. Não estou nem um pouco a fim de ficar neurótica pensando nos gramas que aumentaram ou diminuíram. Estou me sentindo bem: é isso aí. Ah, provei a calça de couro da minha irmã: ela serviu! E não está apertada, não. Hum... espera um pouco: eu nunca tinha vestido essa calça antes – e se ela sempre me serviu? Será?

Agora, uma bomba: lembra da Paola? Aquela moça que chegou ao spa com problemas de alcoolismo? Ontem à noite ela não foi jantar, o que é uma aberração por aqui. Foram procurá-la no quarto, nada: apenas um Listerine vazio em cima da mesa. Parece que a Paola bebeu o frasco inteiro e sumiu.

Hoje bem cedo, antes do café, um frentista de um posto de estrada que fica a 150 quilômetros daqui telefonou avisando que encontrou uma garota "com cara de rica", vestindo a camiseta do spa, dormindo num banco, em frente ao posto. Correram para lá: era Paola. Ela pegou uma carona com um caminhoneiro, ainda na estradinha de terra, viajou duas horas, entrou num boteco, trocou a pulseira e os brincos de ouro por duas garrafas de cachaça e se embebedou por toda a madrugada até cair inconsciente naquele banco. Por sorte, nada mais aconteceu.

Horas depois, de volta ao spa, Paola dormiu e, quando acordou, bebeu água de coco – embora tenha implorado por uma cerveja. A mãe, a milionária antipática, já

Barra-pesada

foi avisada da fuga da filha e, em vez de finalmente resolver interná-la numa clínica especializada, ameaçou processar o spa. Coitadinha da Paola! Dora, a amiga da Marcela que depois da cirurgia no estômago engordou tudo de novo bebendo vodca com leite condensado, ao saber dessa história da Paola, começou a chorar e a chorar e está chorando até agora. A barra está pesada hoje.

O inquérito do queijo
(dia 27)

Fernando me ligou rapidinho do celular do pai e me pediu para esperá-lo nas redes e não sair para caminhar amanhã com todo mundo. Não quero pensar nisso, a expectativa de ficar com ele está me deixando ansiosa demais! E ainda tenho que ligar para o Diego. Não, não quero pensar nisso. Depois eu ligo.

Descobri que a Rô, aquela mesma que humilhou Rafaela, está aqui para desanuviar a cabeça depois de ter perdido a mãe num acidente de carro. Detalhe: ela estava dirigindo. Essas coisas são surpreendentes num spa: às vezes a gente antipatiza com alguém, e quase por acaso descobre que por detrás da agressividade e da antipatia dessa pessoa há uma tragédia para novelista mexicano nenhum botar defeito. Saber disso não me fez cair de amores pela Rô, mas mexeu com o meu coração mole. Maria Helena disse que ela ainda está "cuspindo o fel da culpa".

O inquérito do queijo

Paola foi embora hoje, um motorista veio pegá-la. Acho que essa moça precisa é de amor, em vez disso, tem uma mãe que só se importa com as aparências. Aposto que, quando criança, ela via mais a babá, a cozinheira, o jardineiro e o motorista do que o pai e a mãe. Morro de pena, tenho até rezado por ela.

Que tal um assunto mais suave? Aqui no spa tem um papagaio chamado Dodô que sabe falar, além do básico "louro" e "dá o pé", os extras "me dá comida" e "quero bolo". Dodô é alimentado com sementes de girassol e frutas. Pois ontem uma senhora roubou um pedaço de mamão da gaiola do Dodô, um pedaço sujo, quase podre. Mal sabia ela que uma das camareiras estava vendo tudo. As notícias correm por aqui.

Atenção, atenção: roubaram um queijo meia cura! Olha só que confusão. Uma das velhinhas chatas (o grupo todo foi embora, ainda bem) despachou as malas do quarto, depois desceu com duas sacolas: uma cheia de chocolates e outra, menor, com o queijo dentro. A tonta passou por todo mundo, parou, tirou o queijo da sacola e o sacudiu! Depois dessa provocação, deixou os pacotes em cima da mesa e foi tomar um café. Quando voltou, a sacola do queijo havia sumido e a do chocolate estava caída de lado, meio remexida. A vovó começou a gritar, chamou pela gerente, fez o maior escândalo, disse que aquilo era coisa de gente baixa, que ladrão merece cadeia, que os quartos deveriam ser revistados para descobrir onde teria ido parar o queijo. Não houve chilique que desse jeito:

Só saio daqui MAGRA!

sumido o queijo estava e sumido ficou. O táxi que deveria levá-la à cidade buzinou pela terceira vez e ela foi obrigada a ir embora sem resolver o mistério. Claro que partiu xingando, praguejando e babando de raiva.

Durante o roubo, eu estava no quarto escovando os dentes e só saí quando notei a confusão armada lá no refeitório. À noite, vê se pode, os hóspedes fizeram uma simulação de inquérito sobre o queijo desaparecido. Antes das nove, as pessoas foram tomando seus lugares na sala de justiça.

Seu Botelho, um dos mais frequentes hóspedes do spa, daqueles que passam seis meses em casa, seis meses aqui, tomou a palavra:

– Aquela senhora esqueceu que estamos num spa, lugar onde o artigo queijo meia cura não fica à nossa disposição. Quem o roubou o fez por fome, por vontade de comer, por dor no estômago, por ter sido vergonhosamente instigado ao furto com o cheiro e a presença da iguaria. Culpada é a senhora. Inocente, o ladrão: que ele apareça neste momento livre da vergonha e divida igualmente o queijo conosco, seus irmãos de fome.

Todo mundo começou a bater palmas e a gritar: "Sim! Cadê o ladrão?" Adivinha quem se levantou? Dominique! Ontem, depois de esperar e esperar o marido à toa, ela chorou de fome e só falava em feijão, feijão, feijão. Claro que Dominique, mais uma vez, precisava de comida para afogar as decepções da vida, e o que aparece? Uma velhinha chata abanando um queijo na cara de todo mundo e deixando-o em cima da mesa!

O inquérito do queijo

— Fui eu, gente! Eu mesma: o queijo está escondido no meu banheiro! E tem mais: tentei pegar os chocolates, mas não deu tempo!

Dominique virou uma heroína. Junto com seu Botelho ela foi buscar o queijo. Em menos de um minuto voltaram trazendo a sacola e um livro preto. Foi então que seu Botelho tomou novamente a palavra.

— Vamos repartir em pedaços iguais este queijo e cada um de nós, ao receber seu quinhão, vai jurar, com a mão sobre esta Bíblia, que o que se passou nesta noite não sairá jamais daqui.

Todos juraram e receberam a hóstia de queijo — inclusive eu. Mas no fundo acho que está todo mundo errado: a senhora que ostentou o queijo, Dominique que o roubou e nós que compactuamos. Um erro não justifica outro. Mas que o queijo estava uma delícia, isso estava!

A era Camila
(do dia 27 para o dia 28)

Faltam cinco minutos para a meia-noite e preciso escrever. Eu já havia fechado este diário, apagado a luz, desligado a TV, escovado os dentes, puxado o cobertor até as orelhas, quando alguma coisa me alcançou, sei lá, uma urgência. Fernando chega amanhã: amanhã! Eu não podia adiar mais: tinha de ligar para o Diego. E liguei. Usei não o meu celular, mas a linha do spa. Ouvi um barulho forte de festa antes de ele gritar sem muita paciência:
— Alô!
— Alô, Diego. Sou eu, Camila.
— Cam...? Ah. E aí?
— Queria falar um minuto com você.
— Agora?
— É, agora.
— Eu tô numa festa, Cá.
— Percebi.
— Tá com ciúme?

– Dá para você ir para um lugar com menos barulho?
– Não dá, não. Fala logo.
– Como assim "fala logo"? Faz quase um mês que a gente não se vê e você me diz "fala logo"?
– Camila, você não me ligou o mês inteiro e acha que tem o direito de ficar bravinha? Qual é o problema, hein?
– O problema, Diego, é que não quero mais namorar você!!!
– Ah, fala sério!
– Nunca falei tão sério. Não quero namorar um cara que não gosta de mim do jeito que eu sou, que nunca gostou!
– O quê? Quer saber? Aposto que você não emagreceu nada e tá com vergonha de voltar do mesmo jeito.

Ah, que imbecil! Desliguei na cara dele. Não dava para ouvir nem mais uma palavra. Não acredito que fiquei com esse cara! Não acredito que minha autoestima era tão baixa a ponto de eu aguentar as coisas que ele me dizia, meu Deus, que nojo, que nojo!

Só para desentalar umas coisinhas aqui da minha garganta, mandei um torpedo para o Diego: "Eu nunca deveria ter deixado você me dizer o que fazer. Não tenho de ficar igual a ninguém porque eu sou e sempre fui bonita. Espero que você aprenda a respeitar sua próxima namorada."

Ângela não perdoou.
– Além de babaca, Diego é burro! Aposto que ele não entendeu seu torpedo. É complexo demais para aquela ameba de gente!

Só saio daqui MAGRA!

— Estou me sentindo tão mal com isso...
— Esquece, Cá. Amanhã o Fernando chega e tudo vai ser diferente. Vai começar a era Fernando!
Era Fernando?
— Não, Ângela. Amanhã vai começar a era Camila. A era Camila!

A volta do Fernando
(dia 28)

Nossa, por onde eu começo? De que jeito começo? Fernando... Nós estamos juntos. A mão até treme ao escrever isso: treme de prazer. Sim, estamos juntos!

Estava ventando hoje de manhã, ventando muito, mais que o usual. Tomei o café e dei a velha desculpa da dor de cabeça para não caminhar com todo mundo até a cidade. Sentei nas redes, conforme o Fernando havia me pedido, e esperei. No vento. Não sabia quando ele ia chegar, talvez se atrasasse, talvez fosse uma bobagem ficar ali sozinha, mas fiquei. Fiquei porque, naquele momento, tudo fazia sentido. O vento forte, as redes, um encontro marcado e alguém que se tornou muito especial para mim.

Ouvi, misturado ao assobio do vento, passos nos pedregulhos: alguém se aproximava, uma camareira talvez? Não, camareiras usam as passarelas de madeira, não cortam caminho pelos pedregulhos. Me levantei, virei o rosto para o som, meus cabelos taparam minha visão por uns instantes. Então, por entre os fios, vi Fernando.

Só saio daqui MAGRA!

Andando em minha direção, daquele jeito gingado, lutando ele também contra a força do vento que transformava seus cabelos num chicote. Acho que o vento foi o personagem mais atuante ali, porque ele está envolvido em tudo de que consigo me lembrar agora: o vento e Fernando me abraçando forte, o vento e Fernando me beijando, o vento e nossos cabelos se misturando no ar, o vento e um arrepio, o vento e suas mãos no meu rosto, o vento e mais um beijo, o vento e outro beijo e mais outro. "Vamos sair daqui?", eu disse. Ou foi ele quem disse, não me lembro mais, ele terminava as minhas frases e eu, as dele. Amor é isso? É esse encaixe até no silêncio? Eu não tinha a menor ideia, então...

Entramos no meu quarto, mas, de alguma forma, o vento não parou: ele estava lá, se enfiando por todas as frestas.

Toda vez que Diego me tocava, eu me retraía. Eu supunha ser medo e vergonha do meu corpo, mas agora eu sei: era falta de desejo. Quando alguém de quem você gosta mesmo a toca, você não tem medo nem vergonha. E as dúvidas desaparecem: agora tenho certeza do que quero e, por isso mesmo, não há problema em esperar.

Quando ouvimos o pessoal voltando da caminhada, saímos do quarto, primeiro ele, depois eu, e fomos tomar o lanche da manhã: suco de pera. Não me lembro do gosto do suco, não prestei atenção em nada, não ouvi ninguém, respondi automaticamente a quem me perguntou alguma coisa, eu simplesmente não estava ali. Ou melhor, sim, eu estava: eu e Fernando. As outras pessoas é que não estavam.

A volta do Fernando

Só sei que, quando todos foram para a hidroginástica, eu e Fernando sentamos de novo na rede e de repente já estava na hora do almoço. Comemos (sem fome nenhuma) e decidimos ir até a cidade. Sem pressa, só nós dois, passear. Nós estamos completamente fora do clima do spa, esse clima de gramas, quilos, suores, ginásticas, privações, não tinha sentido matar a tarde toda ouvindo os outros falando de dieta ou dos seus problemas pessoais. Fomos embora e ficamos à toa, no coreto vazio, na praça, na igreja, nas lojinhas, andando abraçados, nos beijando, rindo de qualquer bobagem. Dividimos um picolé de coco: alguém se sentiu culpado aí? Eu, não. Nem ele.

Quando chegamos, já era quase hora do jantar. Os tênis sujos de terra vermelha, os cabelos armados de tanto vento, poeira e carinho. Nos separamos para tomar banho e foi então que eu vi. Havia um torpedo no meu celular: Diego. Quem era Diego? Tudo parecia ter acontecido há tanto tempo! Por curiosidade, li. Para alguém que havia levado um fora, até que o torpedo era bem-educado: "Você sempre foi bonita mesmo, ia ser muito mais se cuidasse do corpo. Eu só quis ajudar." Dei risada: Diego quis me ajudar? Jeito estranho de ajudar alguém. Mas essa história não me diz mais respeito: é passado e fim.

Hoje será uma noite linda.

Estrelas que dançam
(dia 29)

Ontem. Hoje. Ontem ainda é hoje, tudo se mistura. Estou com sono, mas quero escrever enquanto esses sentimentos estão frescos, estão úmidos como um quadro que acabou de ser pintado. Engraçado, o amor muda tudo: até escrever se tornou fluido, leve. Não é mais algo cerebral, não é uma lista de acontecimentos, não é o registro da vida dos outros, é apenas... amor!

Fernando divide o quarto com Renan, e eu, com Rafaela. Não havia como pedir aos dois que dormissem juntos e deixassem um quarto para nós, então escolhemos outro lugar para ficarmos juntos: o lago.

Há uma pista de corrida em torno do lago e a parte de trás dela é toda rodeada por juncos altos. Durante o dia, a pista é bastante usada, sobretudo pelos que não gostam de caminhar até a cidade, mas à noite ninguém vai lá, é muito distante do spa. E depois que eles desligam as luzes, a escuridão é tão densa que fica impossível enxergar qualquer coisa.

Estrelas que dançam

Tomamos cuidado para não sermos vistos. Levamos um cobertor e passamos a noite no lago, no meio dos juncos, sozinhos, eu e Fernando. E o vento. Havia vaga-lumes também. Sempre houve, acho, mas eu nunca tinha ido lá à noite: como disse, é deserto e longe demais. Ontem, hoje, eu vi os vaga-lumes ali, eles se misturam com as estrelas quando estamos deitados: são estrelas que dançam. Foi a primeira vez que dormi com alguém, com alguém que amo, quero dizer. Existe um propósito no tempo, no avançar lento da intimidade, agora sei. Estranho. Embora não tenhamos feito nada recriminável aos olhos do mundo (dormir de conchinha é recriminável por acaso?), não tenho vontade de falar com ninguém sobre esta noite. Pensei que cada passo com Fernando me faria soltar fogos de artifício, sair correndo para contar para Ângela, para minha irmã, para minha mãe: estou namorando um outro garoto! Sempre achei que uma parte do prazer de ficar com alguém estivesse em partilhar com os outros, mas não está. Com Diego, eu contava tudo. Agora entendo: quando a experiência é realmente plena, a gente não tem vontade de contar, ela se basta.

Estrelas que dançam – parte 2
(ainda dia 29)

Eu e Fernando estávamos na piscina e acabamos perdendo o almoço, o que provavelmente deve ter sido um escândalo. Nós estamos fora do tempo do spa, queremos ficar sozinhos. Enquanto todo mundo se matava na aula de ginástica localizada, nós fomos para a cidade, a pé, como ontem, comer alguma coisa. Sentamos no coreto vazio, ficamos ouvindo "Perfect Day", do Lou Reed, na versão do Duran Duran. Essa canção estava por acaso no meu MP3, e nunca liguei muito para ela, foi minha irmã quem a colocou. Mas ontem Fernando a descobriu. A partir de então ela passou a ser a nossa música.

Confie em mim
(dia 30)

Não acordei da melhor maneira possível: minha mãe cansou de tentar falar comigo pelo celular e ligou direto para o spa. Está furiosa: a direção telefonou para ela, dizendo que não estou acompanhando o esquema do spa e que tenho saído constantemente com um rapaz. Ai, um rapaz. O curioso é que ninguém ligou para o pai do Fernando dizendo que ele não tem cumprido as atividades e que tem andado com uma garota: que coisa mais machista!

– Mãe, confie em mim, está tudo bem.

Conselho: jamais use a expressão "confie em mim" para sua mãe. Ela imediatamente vai supor que você fez algo errado.

– Camila, o que está acontecendo?

– Terminei com o Diego e estou namorando um outro garoto, mãe. O nome dele é Fernando, até já conheci o pai dele. A gente tem passeado na cidade em vez de fazer exercícios, por isso o spa te ligou. Não se preocupe, se tivesse acontecido alguma coisa, eu te contaria.

Só saio daqui MAGRA!

Ela sabe que é verdade, eu contaria mesmo. Não entraria em detalhes, mas contaria. Por que adolescentes têm de dar detalhes de sua intimidade aos pais? É como se a gente tivesse de agir como adulto de um lado e como criança de outro.

Minha mãe fez aquela série de perguntas:
"Quanto anos ele tem?"
"Onde ele mora?"
"Ele vem de uma boa família?"
"Onde ele estuda?"
"Quem acabou o namoro? Você ou o Diego?"
"Por quê?"
"Você está tendo juízo?"

Dezesseis, mãe. No bairro vizinho, mãe. Claro, mãe. No Santa Carmelita, mãe. Eu, mãe. Ele queria que eu fosse outra pessoa, mãe. Estou, mãe.

Depois de uma hora, ela disse: "Filha, vou confiar em você. Não me decepcione."

Não vou decepcionar, ela já deveria saber disso. As mães são todas iguais. Ainda bem.

Poder
(dia 31)

Amanhã é meu último dia no spa! Ah, detesto despedidas: troquei telefone e e-mail com todo mundo que me interessava, mas, mesmo assim, é muito chato ter de ir embora, sobretudo porque vou ficar sem ver o Fernando! Ele irá passar o Natal e o Ano-Novo na praia com a família, depois vai aproveitar a carona do pai e voltar para São Paulo. A gente vai se encontrar assim que ele voltar. Pelo menos, espero que seja assim: a mãe dele está insistindo para que ele fique o mês de janeiro com ela.

Nunca pensei que a questão do peso fosse se tornar tão... desimportante. Eu disse que só sairia daqui magra e o fato é que estou me sentindo magra. Tenho o poder sobre mim agora: não mais os Diegos da vida, não mais os editoriais de moda, não mais as capas de revista, não mais os profissionais de spa, a propaganda, os laboratórios farmacêuticos, a indústria de produtos light e diet (e todos os que veem sua conta bancária aumentar, e muito, cada vez que uma menina com o peso regular acha que

Só saio daqui MAGRA!

está uma baleia de gorda). Eu me olho no espelho e vejo algo que não via antes: vejo uma garota bonita, saudável e, dá licença, com corpo de mulher. Sim, de mulher – não de lombriga!

Engraçado: no começo, eu queria que o tempo passasse logo e, agora, quero que ele ande mais devagar que uma procissão de lesmas. Bem, voltar vai ter algumas coisas boas: estou com saudade de passear no shopping, de ir ao cinema, de conversar ao vivo e em cores com a Ângela, estou com saudade até da minha irmã!

– Eu sei que você pegou minha calça de couro, viu?

– Desculpa aí, Lígia, eu queria alguma coisa sua para servir de termômetro, sabe? Porque você é magra.

– Ai, quanta besteira. Adivinhe o que estou usando agora, sua tonta?

– Sei lá.

– Aquela sua calça xadrez.

– A preta e branca?

– Essa mesmo.

– Peraí... ela fica boa em você?

– Dã!

Pois é: a diferença de corpo entre mim e minha irmã magra nunca foi o oceano que eu imaginava. Se eu tivesse ousado experimentar as roupas dela, teria percebido isso há mais tempo. Será que teria? Acho que não. Eu precisava vir para cá, passar por essa experiência – apesar de ela ter começado pelos motivos errados.

Tudo é muita coisa!
(dia 32)

Estou na estrada, letra tremida, morrendo de vontade de chorar. Não é de tristeza, é um outro sentimento cujo nome não sei ainda. Achei melhor escrever porque não quero cair no choro na frente da minha mãe, ela vai achar que algo de errado aconteceu e... é que muita coisa aconteceu! Talvez essa vontade seja uma espécie de transbordamento das experiências todas pelas quais passei. Como se hoje eu fosse um copo cheio, tão cheio que preciso me esvaziar um pouco. Não é saudade precoce do Fernando, nem estranhamento com a poluição que começa a tornar o ar menos doce, nem vontade de voltar. Cada passo que dou agora me parece gigantesco e irreversível: para frente. Será que é isso se tornar adulto?

Minha irmã me disse que quando eu chegar terei de contar tudo para ela. Tudo? Tudo é muita coisa! Para falar tudo eu teria de contar sobre as pessoas que encontrei no spa, cada qual com uma realidade diferente: profun-

Só saio daqui MAGRA!

da, bonita, medonha, mesquinha, triste, emocionante. Teria de contar sobre o que está por detrás de toda essa neurose com a comida e que cada pessoa come por um motivo diferente. Teria de contar sobre como fui compreendendo que tenho um peso saudável, que sou bonita. Teria de contar que agora vou à piscina só de biquíni e que não tenho mais vergonha do meu corpo. Teria de explicar que todas as histórias que ouvi aqui contribuíram para eu me tornar mais forte e mais humana. Teria de confessar que gostei de saber detalhes da vida da mamãe e que eu queria conversar mais com ela e com o papai também. Teria de contar que percebi o quanto Diego é bobo e o quanto fui tola em acreditar no mundo estreito dele. Teria de dizer como foi bonito meu envolvimento com Fernando, como foram doces as noites na rede, como foram profundas nossas conversas. Teria de explicar como nossa paixão cresceu e se transformou em estrelas que dançam. Teria de contar que cresci.

A carta
(dia 32, duas horas mais tarde)

Depois que Camila foi embora do spa *Bosque da Saúde*, chegou um fax para ela. A secretária do spa enviou ao remetente, também por fax, o seguinte texto: "Sua mensagem não pôde ser entregue: a hóspede do quarto 32 deixou nosso estabelecimento esta manhã. Por favor, encaminhe a correspondência ao seu endereço pessoal."

A mensagem era uma carta escrita a mão e dizia o seguinte:

> Cá, não entendi sua atitude. Não sei o que está acontecendo e fiquei muito chateado porque você não me ligou o mês inteiro, nem usou a internet: eu te mandei vários e-mails. Sei que fui meio grosso, eu sou cabeça quente mesmo, me desculpe. Você acha que eu seria seu namorado se não te achasse bonita? Só queria aju-

Só saio daqui MAGRA!

dar quando disse para você cuidar mais do seu corpo. Quando você volta? Vou para a casa da minha avó em Campos do Jordão. Ligue para mim. Ainda considero você minha namorada.
Beijos,
Diego.

É... parece que essa história ainda não terminou.

Destinos

Adriana engordou em uma semana tudo o que emagreceu no spa, mesmo assim fez a operação para reduzir os seios. Antes da cirurgia, o namorado terminou com ela.

Botelho decidiu comprar um queijo meia cura e escondê-lo no banheiro para o caso de uma emergência.

Bráulio aceitou a proposta de um spa concorrente para ficar mais perto de Marcela. Eles estão namorando.

Dirce emagreceu 13 quilos e voltou para casa. Está ótima – e grávida.

Dominique está pensando em fazer análise com a Maria Helena.

Dora parou de beber vodca com leite condensado. E começou a apostar em cavalos: três vezes por semana.

Iara passou a cozinhar de dia. O marido, que é enfermeiro, mudou para o turno da noite.

Só saio daqui MAGRA!

Jerominha, não conte a ninguém, é um anjo.

Marcela se separou e está namorando Bráulio. Mês que vem, ela e sua sócia Virgínia inauguram um restaurante árabe.

Maria Helena continua amiga da Camila, mas sua vida permanece um mistério.

Paola e seu irmão se mudaram para Florianópolis. Ela vai todas as semanas ao AA (Alcoólicos Anônimos) e está estudando biologia marinha. A mãe a deserdou.

Priscila foi fazer intercâmbio nos EUA e está se achando magrinha, magrinha.

Rafaela emagreceu 18 quilos no spa e mais sete em casa. Ela está namorando Renan.

Renan mantêm sua reeducação alimentar com a ajuda da namorada, Rafaela. Ele continua amigo do Fernando e da Camila.

Virgínia ficou viúva. Mês que vem, ela e sua sócia Marcela inauguram um restaurante árabe.

Zuleica emagreceu 43 quilos sem cirurgia e, como previu Maria Helena, se separou do marido. Ela está a cara da Catherine Zeta-Jones.

Camila e **Fernando** estão agora mesmo escutando de novo "Perfect Day".

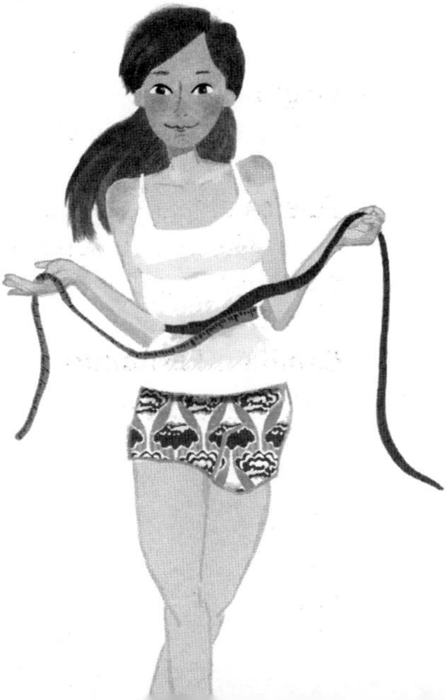

Este livro foi impresso na Editora JPA Ltda.